.

Nocturne

1887

SYLVIE GINESTET

The Poetic Shivers Editions

DÉJÀ PARUS

Les Imhumvamps :
Le Miracle (2012)   Février 2017
La Recouvrance (2014)   Février 2017
Une vie pour la vie (2015)   Février 2017
Les Imhumvamps – l'Intégrale   Février 2019

Hope :
Évolution   Janvier 2017
La Prophétie   Février 2018

Le Livre des âmes :
Bethany (2016)   Février 2019
Le Champ des Loups (2017)   Février 2019
L'âme perdue   Février 2018

Nouvelles du Livre des âmes :
Claudia   Juillet 2016

Les Ombres :
Les Ombres s'amusent   Février 2015
L'ombre est triste   Septembre 2017
Les Ombres - Le Livre   Septembre 2017

Autres :
L'ancolie   Mai 2016
À cœur ouvert   Août 2016
Pour de simples mots   Février 2019

VERSION ANGLAISE

The Imhumvamps:
The Quest   February 2014
The Recouvrance   February 2016

Novels:
Shadow Play   September 2015

© Conception graphique de la couverture : Sylvie Ginestet
Image : Shutterstock 569098162 - 735992986
Correction du manuscrit : LA Braun

ISBN : 978-2-930895-09-3

Dépôt légal : D/2017/Ginestet Sylvie, Éditeur

Prélude

Avant d'entamer ce roman, laissez-moi vous faire une suggestion. Dans la mesure du possible, immergez-vous dans cette histoire en écoutant l'œuvre complète de Chopin intitulée « *Nocturne* », les 21 opus qu'il a composés entre 1830 et 1846. J'ai écrit cette histoire en l'écoutant et naturellement les notes ont bercé mes mots.

J'ai commencé à rédiger ce roman en 2015. Ce récit, je l'adore et j'ai décidé de mettre de côté tous mes autres projets afin de pouvoir enfin le terminer et le partager avec vous.

Grand merci à Antoine pour ses lumières très éclairées sur cette époque lointaine.

Un autre énorme merci à Laure-Anne pour sa revue complète du texte, ses corrections et commentaires avisés, ainsi que son réel attachement pour l'histoire.

Un immense remerciement à ma fille Kristel pour sa beta lecture et ses trouvailles et commentaires pertinents.

Ainsi qu'à Émilie C. pour sa lecture assidue et son retour rassurant.

Londres, Septembre 1888

Dans les rues de Londres régnait une atmosphère glauque. Un homme bien plus dangereux que les vampires rôdait dans les recoins brumeux, ensanglantant les murs et parsemant le macadam des viscères de ses victimes. Chaque jour il faisait la une des journaux, plongeant la métropole anglaise dans une crainte bien plus forte que nos crocs n'avaient pu le faire. Enveloppé des voluptés de la nuit et du brouillard, il sévissait dans l'East End londonien. Whitechapel était devenue son terrain de chasse préféré, terrorisant les femmes de petite vertu.

Malgré cela, il y a dix mois, mon ami, mon créateur et maître m'avait arrachée de ma Bruxelles adorée, devenue trop risquée pour moi. Contre mon gré — « *mais pour mon bien* » — m'avait-il chuchoté, il m'avait ramenée ici pour m'éloigner de ce qui avait pris une place plus importante en moi que ma propre existence.

Depuis, l'amour avait fait place à l'amertume et au chagrin. Je me jetai à corps perdu dans la rédaction de ces sublimes instants que je venais de vivre. Je ne voulais pas oublier, je ne le pouvais désespérément pas.

Quelqu'un toqua à ma porte, me sortant de ma concentration.

– Oui ?

Le battant de bois s'ouvrit. Je reconnus le pas léger de Léonie s'engageant dans la pièce. Elle posa la tasse de thé au jasmin que j'avais demandée sur le guéridon derrière moi.

– Avez-vous besoin d'autre chose ? s'enquit-elle.

– Non, je vous remercie.

– Très bien, finit-elle par dire.

J'allais me plonger dans mes écrits, lorsque je sentis qu'elle n'avait pas quitté la pièce. Je me retournai vers ma fidèle servante. Elle se tenait dans l'embrasure de la porte entrouverte.

– Oui ?

Après un instant de gêne, elle osa enfin :

– Vous manque-t-il toujours ?

Je baissai les yeux sur sa question quelques instants, avant de répondre en soupirant.

– À en mourir…

Elle referma la porte sur ces mots qu'elle entendait chaque fois qu'elle me posait cette même question.

Je me retournai vers la fenêtre, la plume suspendue dans l'air et perdis mon regard vers le parc ensommeillé.

Dans ce moment d'égarement, mes souvenirs intacts défilèrent devant moi…

Quelques mois auparavant...

Bruxelles, Octobre 1887

Je le regardai accélérer le pas. Pensait-il réellement pouvoir m'échapper ? Son trottinement sec à la limite de la course faisait un bruit semblable à celui des sabots d'un cheval frappant les pavés. Sous peu, il sera épuisé et n'aura pas d'autre choix que de faire une halte. Je pourrai alors prendre ce qui m'est dû, c'est à dire sa vie, son essence, son sang jusqu'à la dernière goutte. Je le sucerai en me délectant de ce liquide chaud et épais qui envahira chaque recoin de mon corps assoiffé.

Pour le moment, il tenait une belle cadence, ce vilain qui ne voulait pas remplir sa part de marché ! Je lui avais offert mon corps des heures durant, je lui avais dévoilé toutes les voluptés de ma sensualité, mais voilà que, son affaire terminée, le goujat tentait de s'échapper.

Tout aurait pu n'être que douceur jusqu'à son dernier souffle, mais maintenant j'étais en colère, alors je ne lui épargnerais aucune peine, aucune sueur froide, aucun effroi. Il mourrait en lâche, il ne méritait rien d'autre.

Ce petit jeu avait assez duré. Je soulevai mes pieds du sol juste de quelques centimètres et pris mon envol vers ma proie. Je la stopai[1] net dans sa course en l'attrapant par le collet.

— Où cours-tu ainsi ? lui chuchotai-je à l'oreille.

— Je… qui…

— Nous avons suffisamment joué pour ce soir, ne crois-tu pas ? demandai-je en passant derrière lui.

Puis je le soulevai, une main sur la bouche, l'autre sous le bras, et penchai sa tête sur le côté. Ainsi, je pouvais voir les pulsations de son cœur animer l'objet de mes désirs : sa carotide ! Sans plus attendre, j'ouvris grand la bouche, dégainai mes armes mortelles et les plantai avec force dans sa chair. Le craquement familier me réjouit, son sang m'excita, je n'en devins que plus vorace. Je le mordis de nouveau. Je sentis la chaleur de son haleine venir du cri que j'étouffais sous ma main. Il se débattit quelques minutes : il était aussi coriace que son sang épicé au gingembre. Moi, j'étais gourmande de cette saveur surprenante. Puis, il cessa de geindre et de bouger. Il n'était plus qu'une enveloppe vide. Je l'avais connu bien plus animé. Je lâchai le corps devenu fardeau, il s'affala sur le sol dans un bruit sourd. Satisfaite et souriante, je tournai les talons, réajustant mon manteau.

Une pluie fine commençait à tomber et le vent s'était levé. Je protégeai ma longue chevelure avec ma capeline que je tenais de mes doigts gantés.

Je me hâtai à présent, car la lune décroissait dans ce ciel sans étoile. Le soleil se levait, il était donc grand temps de rentrer.

---

[1] À cette époque le verbe stopper s'écrivait avec un seul « p » car directement hérité de l'anglais.

— Léonie, je suis de retour, criai-je dans le hall.

— Dieu soit loué ! Je commençais à m'inquiéter, dit-elle en me soulageant de mes vêtements mouillés, souliers compris.

— Cessez de vous tracasser pour moi, lui dis-je doucement.

Elle repartit vaquer à ses tâches en grommelant. Elle me considérait comme sa fille, même si j'avais quelques siècles de plus qu'elle. Léonie était à mon service depuis vingt ans déjà. Oh ! Elle savait ce que j'étais, mais ne voulait rien savoir de ce qu'il se passait la nuit en dehors de ces murs. Elle pensait veiller sur moi, je la laissais le croire.

Je me dirigeai vers le petit salon où un feu de cheminée flambait, embaumant la pièce d'une odeur boisée. Je refermai les deux portes coulissantes m'isolant dans mon univers. Les mains dans le dos encore posées sur les boutons de porte, je parcourus du regard cette pièce que j'aimais tant. Sur les murs étaient poinçonnées de grandes tentures de velours bordeaux ornées d'un joli motif floral en relief donnant de la profondeur à la pièce. Face à la cheminée, une ancienne méridienne en bois sculpté recouverte d'un tissu noir. Je passais des heures allongées là à lire. Ma préférence allait sans conteste vers Novalis et ses poèmes.

Nous ne pouvons qu'aimer ses mots. Quel ravissement pour l'âme :

« Maintenant je le sais, lequel sera le dernier matin ; lorsque la Lumière ne fera plus s'enfuir et la Nuit et l'Amour, lorsque le Sommeil, devenu éternel, ne sera plus qu'un seul Rêve intarissable[2]. »

---

[2] Extrait de « L'hymne à la nuit IV » Novalis 1771-1801

Lorsque mes yeux se fatiguaient de la lumière artificielle qui m'entourait, alors j'écoutais de la musique grâce à un phonographe que j'avais acquis lors de l'un de mes nombreux voyages aux Amériques.

Il y a deux ans maintenant, j'y avais rencontré Monsieur Edison, l'inventeur de cette machine : ingénieux objet à l'intérieur duquel on pose un cylindre qui reproduit des sons. Monsieur Edison a eu la gentillesse de me céder quelques-uns de ses rouleaux de métal.

Le modernisme et ses machines un peu folles ou diaboliques m'émerveillaient. Au cours des siècles de ma longue existence, plusieurs fois il m'était arrivé de me demander où l'imagination des hommes s'arrêterait. Et même, si elle cesserait un jour.

Alors que dehors le soleil se levait, j'entendis le premier tram hippomobile faire sa halte quotidienne avenue Louise. Il me fut aisé de connaître l'heure sans montre, puisque le bruit caractéristique de sa cloche de départ retentissait chaque matin à huit heures précises et à chaque tour d'horloge jusqu'au dernier départ du soir.

Mon attente de la nuit entamait son inexorable routine.

À gauche des portes se trouvait un guéridon au centre duquel trônait une lampe en forme de champignon décorée de vitraux. Je me saisis de mon fume-cigarette en jade qui se trouvait au pied de celle-ci, et introduisis ce péché que je m'autorisais uniquement dans cette pièce. Puis je me dirigeai vers la petite table carrée à droite, sur laquelle je posais mes carafes de cristal. Mes doigts caressaient les bouchons dans un geste d'indécision. Je ne savais pas encore quel alcool s'accorderait le mieux avec le goût de gingembre qui me restait sur le palais. Mon choix s'arrêta enfin sur un carafon au long col : il renfermait un vieux vin italien qui, j'en étais certaine, saurait raviver l'épice, ainsi que mes ébats nocturnes et leur dénouement, succulent, bien que fatal.

Je me retournai avec un sourire sur les lèvres : j'étais presque prête. J'allai jusqu'à la cheminée, où je me libérai de mon verre en le posant sur un joli napperon brodé et de mon fume-cigarette dans le cendrier, puis enfin je pus songer à me débarrasser des dernières entraves à ma détente. Je délaçai mon corset trop serré et ma jupe encore un peu humide que je laissai tomber sur le sol. Je ne gardai que ma chemise blanche et mon sous-jupon, si bien que je sentis rapidement la chaleur des flammes me lécher délicatement la peau.

Je pris enfin place sur la méridienne, m'allongeant pour savourer ces autres petits plaisirs plutôt réservés d'habitude aux hommes : l'alcool et la cigarette.

Je restai ainsi immobile jusqu'au prochain son de cloche, celui qui annonça neuf heures. La rue s'animait comme chaque matin. J'entendais les vendeurs de journaux scander la une à qui voulait bien l'entendre.

Il me semble que c'était une belle journée qui s'annonçait dehors. Je fermai les yeux revivant ma nuit.

Monsieur Anton

Monsieur Anton aimait les gens, de ce fait il recevait souvent. Il organisait de somptueuses réceptions où tout coulait à flots : l'alcool, son chocolat chaud réputé jusque dans la province de Liège ainsi que le sang de quelques-uns de ses convives, mais ce mets extra m'était réservé à moi seule.

Il aimait à donner des thèmes à ses nuits, et ce soir il avait choisi « *masqué* » ! Pas un autre mot n'avait été noté sur le carton d'invitation que Léonie m'apporta vers quinze heures. Pour la circonstance, je ressortis un élégant loup noir en satin agrémenté d'une fine dentelle assortie que j'affectionnais particulièrement. Pour le reste de ma tenue, j'avais choisi la couleur carmin.

Le soir était tombé sur Bruxelles, recouvrant les trottoirs d'un léger voile de brume. Les réverbères dégageaient une faible luminosité aidant les badauds à regagner leurs belles demeures. Quelques fiacres remontaient l'avenue pour s'engouffrer dans le bois de la Cambre. Peu à peu, le monde de la nuit nous ouvrait ses portes. Je les poussai de bon cœur.

La Nuit, mon univers. Cet instant de renaissance éternelle qui exigeait son tribut de sang.

À vingt-deux heures précises, je quittai mon domicile pour me rendre chez Anton. J'aimai marcher dans les rues de cette ville, dans son renouveau et ses quartiers riches et confortables. Cet automne amenait de belles senteurs qui ravivaient mes souvenirs. Je croisai quelques personnes marchant la tête baissée d'un pas pressé. Les rues n'étaient pas toujours sures, s'ils avaient su qui ils croisaient !

Le majordome ouvrit la porte. Je lui tendis mon invitation, point de mot échangés, ils n'étaient pas nécessaires. Il me laissa entrer et ôta la cape que j'avais simplement jetée sur mes épaules. D'un autre geste de la main, il me montra le chemin à suivre pour rejoindre le reste des invités dans la grande salle.

De mémoire, cet homme était muet, lui témoin de tant de choses que jamais il ne pourrait dire à quiconque.

Je pénétrai dans la grande pièce où un somptueux bal masqué haut en couleur se déroulait : certains couples dansaient, d'autres discutaient un verre à la main, debout ou assis autour de tables de bistrot joliment réparties dans la salle. Chaque fois un détail ou une ambiance faisait d'elles des soirées très prisées du grand monde. Les conversations et les pas de danse allaient bon train. Anton se démenait toujours afin que les gens prennent du plaisir chez lui.

Mon ami était devenu maître dans l'art de recevoir !

Je saluai les diverses personnes que je connaissais, sans m'attarder pour le moment.

Deux mains se posèrent doucement sur ma taille, mais cela ne me surprit pas. Un seul homme pouvait se le permettre : le maître de maison, Anton.

— Mon ami, dis-je en me retournant vers lui.
— Très chère, vous êtes toujours aussi belle !

Il posa tendrement un baiser sur ma joue.

— Donnez-moi cette chance de rester jeune, Nocturne, me susurra-t-il à l'oreille.

— Anton, soupirai-je.

Je plongeai mon regard dans le sien. Il ne sourcilla pas, il était tenace.

— Faites-moi danser, je vous prie.

Il m'attrapa de nouveau par la taille et nous nous élançâmes avec le reste des danseurs.

— Nous avons eu maintes fois cette conversation. Vous savez que cela n'est pas un jeu, n'est-ce pas ? m'enquis-je.

— Accédez à ma demande pour l'amour du ciel, je me vois décliner jour après jour !

— Est-ce là votre seule motivation, votre apparence ? lui demandai-je en marquant un temps d'arrêt dans notre danse.

— Regardez-moi…, implora-t-il.

Je posai la main sur son visage. Comment pouvait-il se voir décliner ? Il effleurait à peine la trentaine. De stature mince et élégante, il possédait un visage dont la symétrie frôlait la perfection, surmonté d'une remarquable chevelure brune et bouclée. Je l'avais toujours connu ainsi, soucieux de son apparence et de sa jeunesse. Son obsession le hantait un peu plus chaque jour, à un point tel qu'il nous était devenu difficile d'avoir une conversation normale. Il fallait que sa conversion revienne toujours comme sujet principal. Naturellement que je finirai par le transformer un jour, mais lorsque moi je le désirerai ! Pour le moment, je le laissais se torturer, espérer et vieillir encore un peu.

Un vampire trop juvénile ne représentait pas à mes yeux une belle créature.

— Je déciderai du moment et de l'endroit, lui chuchotai-je à l'oreille pour la énième fois.

Il ne répliqua pas et me fit tournoyer en guise de remerciement. Il lui fallait faire preuve de patience, car tout demeurait qu'une question de temps. Pour l'heure, il devrait se satisfaire de sa condition. Nous nous arrêtâmes devant un homme qui avait l'air encore plus jeune qu'Anton et qui semblait s'ennuyer profondément.

— Victor ! Je pensais que vous ne pouviez pas vous joindre à nous, dit Anton en saluant son invité.

— J'avoue, très cher, que j'eusse préféré rester à mon domicile pour dessiner, dit-il en bâillant une main sur la bouche.

— Pourquoi être venu dans ce cas ? intervins-je en lui tendant la main. Mademoiselle Nocturne.

— Victor Horta, se présenta-t-il en effleurant mon gant du bout de ses lèvres.

Il releva la tête et la tourna vers Anton.

— Êtes-vous capable de décliner une invitation de cet homme-là ? finit-il en accompagnant ses mots d'un geste de la main avant de me fixer.

— Bien entendu très cher, il suffit de savoir comment lui dire non, répondis-je en lui souriant.

Notre petite conversation m'amusait au plus haut point.

— Que dessinez-vous qui soit plus important que tout ceci ?

— Victor est architecte, dit Anton alors qu'il s'immisçait entre nous deux, nous invitant à l'accompagner vers une table libre à quelques pas de là où il serait plus aisé de discuter.

À peine nous étions-nous assis qu'un serveur s'approcha en silence pour poser devant nous des verres à liqueur.

— Vous avez fort à faire dans ce Bruxelles en plein renouveau, entamai-je, portant le verre à mes lèvres.

— Assurément, Mademoiselle.

— Qu'aimez-vous dans cet art, Monsieur ? continuai-je.

— J'aime à imaginer de monumentales bâtisses faites de verre et d'acier. Le verre accueillant la lumière dans une structure forte... Je passe des heures à dessiner des croquis ou des plans de toutes sortes, allant de la simple maison aux plus grandes structures, finit-il les yeux exorbités d'excitation.

— Je vois que vous êtes un passionné, très cher !

Il se pencha légèrement vers moi.

— Quelle est la vôtre, de passion ?

— Le piano..., répondis-je en lui souriant.

Il se redressa, paraissant surpris de ma réponse.

— En jouez-vous ?

— Mon Dieu non, je laisse ce don à ceux qui excellent en la matière, je me contente d'écouter et de savourer.

Il éclata d'un rire un peu trop bruyant, puis soudainement se leva et prit congé.

— Que votre ami est étrange, Anton !

— Comme tous les artistes, mais il est brillant.

— Je n'en doute pas un seul instant. Ne passez pas trop de temps en ma compagnie. Les gens vont jaser. Vous devriez vous mêler davantage à vos invités.

— Qu'allez-vous faire, Nocturne ?

— Ce que je fais toujours, je vais observer et attendre le moment opportun.

Il se leva et se glissa derrière moi, avant de me chuchoter à l'oreille.

— Je vais vous donner ce dont vous avez besoin. Je reviens.

– Soit, je reste donc sagement assise ici. Merci, mon ami, finis-je en posant la main sur celle qu'il avait posée sur mon épaule.

Je restai à écouter les battements de cœur des jeunes et moins jeunes gens venus ici pour s'amuser. Mélangés à la musique, ils formaient comme une symphonie accessible à ma seule oreille, tantôt douce, tantôt exaltée par toutes les sensations que procuraient les divertissements d'une telle soirée aux invités : les rencontres, les conversations, l'alcool. Cette bourgeoisie m'enivrait.

Je n'eus pas longtemps à attendre, puisque Anton revint à moi quelques minutes plus tard.

– La chambre jaune…

Je me levai en le remerciant du regard.

Je pris l'escalier majestueux qui menait aux chambres et m'arrêtai devant la cinquième porte. La main sur la poignée, je sus que l'homme qui m'attendait à l'intérieur était jeune. Je souris à la belle attention d'Anton pour moi.

Je refermai la porte, et découvris la pièce plongée dans la pénombre. Quelques bougies de-ci de-là savamment disposées apportaient à la chambre une touche de romantisme. Je ne savais pas comment Anton convainquait ces hommes de venir me rejoindre pour mourir. Peut-être était-ce là un détail qu'il omettait de préciser.

Je m'assis sur le rebord du lit à baldaquin où le jeune homme m'attendait déjà, la chemise ouverte laissant apparaître un torse imberbe d'une pâleur éclatante. Je passai ma main sur son visage, il ferma les yeux.

– Comment vous appelez-vous ? lui demandai-je alors que ma main parcourait son cou, mes ongles retraçant les lignes invisibles de ses veines.

– Charles, Madame.

Sa voix était suave. Malgré son jeune âge, il était à n'en pas douter expérimenté dans l'art de la séduction.

— Est-ce là votre métier que de distraire les femmes esseulées ?

— Mon métier me porte là où le vent me mène et il me porte jusqu'à vous ce soir, ajouta-t-il en se relevant sur les coudes.

Ses yeux scintillants me fixaient, leur bleu me faisait penser à ce ciel que je n'entrevoyais que rarement au travers des rideaux épais de ma demeure. Ce bleu me fit penser à quel point la lumière du jour et le soleil me manquaient.

Il posa sa main sur la mienne, il était audacieux !

Je me relevai, il comprit et me suivit. Il se positionna derrière moi, je sentais son souffle sur mon épaule.

— M'aideriez-vous ? demandai-je tournant légèrement la tête vers lui.

— Je n'attendais qu'un mot de vous, répondit-il en commençant à délacer mon corset.

Il le faisait lentement, tirant chaque cordon méticuleusement. Il posa un baiser sur l'arrière de ma nuque. Notre nuit allait être splendide. Il laissa tomber le corset sur le sol et de ses mains sur mes épaules, il fit glisser les manches de mon corsage qui ne montrèrent aucune résistance. Mes bras libérés, il déboutonna le dernier rempart de tissu protégeant le haut de mon corps nu. Le bruit souple de la soie rejoignant mon corset m'excita. Il remonta ses mains tendrement, n'épargnant aucune parcelle de ma poitrine jusqu'à ma nuque et libéra mes cheveux d'un geste précis. Il ramena une à une mes longues boucles châtain sur mes seins nus, puis il me fit tourner face à lui.

Je le laissai faire.

À mon tour, je le soulageai de sa chemise. Mes mains sur son corps le firent frissonner. Explorant sa peau, je remontai jusqu'à son visage que j'emprisonnai de mes doigts fins. Je plongeai mes yeux dans le bleu des siens et passai ma langue sur ses lèvres parfaites. Il ne bougea point, étonné qu'une dame puisse faire preuve d'une attitude si osée.

La surprise passée, il se pencha vers moi et me mordit la lèvre inférieure. Je soupirai essayant de calmer mes instincts que cet homme réveillait. Mes mains glissèrent sur sa nuque et je lui pris la bouche avant qu'il ne le fasse. Alors tout s'accéléra. Tandis que nous nous embrassions, ses mains s'affairèrent à m'ôter jupe et jupon. Il avait envie de moi et j'avais envie de lui. D'un mouvement bien plus rapide que le sien, je le dévêtis complètement et le poussai sur le lit. Il sourit à tant de fougue et d'empressement. D'une démarche féline, je me rapprochai de lui, voyant le point culminant de son excitation tendue. Cet homme à la beauté rare allait-il me surprendre ?

En un bond, je fus sur lui, les mains posées sur son torse pour lui interdire tout mouvement. Il respirait bruyamment. Je baissai la tête vers lui pour goûter une nouvelle fois à sa vie et ses lèvres. Sa langue fouilla ma bouche avec passion dans ses plus intimes recoins, alors que je sentais dans mon dos toute la vigueur de sa jeunesse. Je lui mordis la lèvre comme il l'avait fait quelques instants plus tôt, et goûtai aussitôt son sang chaud et parfumé. Cela réduisit ma patience de moitié, j'avais faim et il m'attirait. Je devais attendre, lui donner ce qui lui revenait pour notre plus grand plaisir à tous deux. Mes ongles dévalaient son torse, laissant une fine trainée rouge derrière eux. Il me souriait lorsque je soulevai doucement les hanches pour m'empaler sur son membre raide de désir.

Tandis que je le sentais s'enfoncer profondément en moi, il m'agrippa les cuisses. Ensemble, nous assouvîmes un féroce appétit d'amour charnel durant des heures. Nos fluides se mélangèrent, nos corps se touchèrent, s'effleurèrent pour finalement retomber rassasiés.

Nous nous tenions allongés côte à côte, tels les amants que nous avions été, tout en sachant que cela ne se reproduirait jamais.

Au bout de quelques minutes, il se tourna vers moi.

— Prenez ce qui vous est dû, belle dame. Vous m'avez comblé, sachez-le.

Je ne répondis rien et l'embrassai une dernière fois sur les lèvres avant d'enfoncer mes crocs dans son cou. Il ne bougea presque pas alors que son sang envahissait mes cellules. Là était ma récompense, là était sa mort.

Ce soir, Anton m'avait trouvé une friandise de premier choix.

Une visite impromptue

Je me prélassais dans mon bain lorsque Léonie frappa à la porte.

— Oui ?

— Un homme vient de vous porter une missive, Mademoiselle, dit-elle derrière la cloison.

— Quel homme ?

— Je ne le connais pas, il a dit que c'était important.

— Entrez, je vous prie.

Elle s'avança jusqu'à moi, la lettre dans la main. Au passage, elle prit une large serviette. Je me levai, elle m'enveloppa avec et enfila mes chaussons sur mes pieds humides.

— Merci, dis-je alors que je prenais la lettre de mes doigts encore moites.

Je souris à l'odeur si caractéristique et unique que le papier dégageait.

Il était là.

Je ne l'avais plus vu depuis des décennies, depuis qu'il s'était installé à Londres.

La lecture de ses mots me donna raison. Il s'invitait chez moi à dix-neuf heures, ce soir. Je me retournai face à ma gouvernante et lui tendis la missive.

– Tout doit être parfait !

– Comme d'habitude…

– Mieux que cela, surpassez-vous !

– Bien, Mademoiselle, finit-elle par dire en quittant la pièce.

Mon maître, notre maître à tous me faisait l'honneur d'une visite, ici, dans ma demeure ! Peu m'importait la raison de sa venue, seule sa présence me réjouissait, et quel honneur ! Je choisis la plus belle de mes tenues : c'est tout de noir vêtue que je décidais de me présenter devant lui. La seule touche de couleur serait mes ongles vernis d'un rouge bordeaux rappelant son sang royal et pur. Ce sang, qui, il y a quatre cents ans, fit de moi ce que je suis à présent.

Je lui en serai éternellement reconnaissante.

En ce jour, le temps passa très vite. Vers dix-huit heures quarante-cinq, je m'installai dans mon petit salon pour essayer de calmer mes ardeurs. J'étais comme une enfant. Je me servis une liqueur à la framboise que je bus d'un trait, au diable les convenances !

Je n'entendis pas le carillon de la porte, mais je sentis le parfum caractéristique se répandre dans ma maison alors qu'il attendait derrière la double porte. Je me tenais devant le feu, une main sur la cheminée, l'autre dans mon dos, cachant mon impatience. Il ouvrit la porte et je me retournai lentement vers lui.

– Maître…, dis-je en le fixant un instant, puis je m'empressai de baisser les yeux, lui marquant ainsi mon respect.

— La plus belle de mes créations, Nocturne ! dit-il en s'avançant vers moi.

Léonie referma la porte.

Je ne bougeai pas tandis qu'il approchait. Il s'arrêta devant moi et je lui tendis ma main dénudée qu'il baisa. Je le regardai. Il n'avait pas changé, jamais il ne changerait, jamais nous ne changerions. Seule la mort pouvait avoir un effet sur nos corps à jamais figés tels qu'ils étaient le jour de notre renaissance en vampires.

Il s'installa sur la méridienne, m'invitant à l'y rejoindre d'un tapotement de la main sur le coussin.

— Vous êtes bien la seule à ne pas vivre notre condition comme une malédiction, lança-t-il.

Je m'assis près de lui.

— Pourquoi le devrais-je ?

— Ne pas pouvoir sortir en plein jour et sentir le soleil sur votre peau, cela ne vous manque-t-il pas ?

— Je m'y suis accoutumée…

— Mais ?

Je soupirai bruyamment devant son habituelle insistance.

— Bien sûr que vous avez raison, cela me manque atrocement, mais au-delà de cela, rien ne peut me faire regretter d'être vampire.

— Même pas la soif de sang ?

— Je ne suis jamais affamée. Bruxelles recèle de plus d'un trésor. J'ai des alliés qui me procurent tout ce dont j'ai besoin.

— Vous ne chassez plus, alors ? demanda-t-il surpris.

— Non, je n'ai qu'à me servir, mais cessons de parler de moi. Comment est Londres ? Y avez-vous trouvé quelques réponses ou du réconfort ?

Il se leva.

— Londres me sied à ravir, ses ruelles sombres où plane constamment une petite brume, ses affaires magistrales… Je m'enrichis, très chère !

Je le rejoignis près de la cheminée et glissai ma main dans la sienne.

— Pourquoi êtes-vous venu me rendre visite ?

Sans quitter le feu des yeux, il me répondit :

— Vous me manquiez, Nocturne.

— Vous me manquez également, Dracula, mon maître.

Sur ces mots, il serra fortement ma main.

— Je pensais à vous l'autre soir, me remémorant votre apprentissage. À quel point vous étiez douée pour débusquer et traquer nos proies. Vous êtes ma plus belle réussite, mais je crains que vous ne vous endormiez sur vos acquis ici et cela peut être dangereux si vous baissez votre garde. Nos ennemis sont partout, ne l'oubliez pas !

— Je suis très prudente, croyez-moi.

Il rajouta une bûche dans la cheminée, il avait l'air inquiet.

— J'ai entendu parler d'un chasseur de vampires redoutable. Il a des armes saintes pouvant tuer le plus âgé de nous tous, c'est-à-dire moi. À Londres, les vampires tombent les uns après les autres. Il ne pourra remonter jusqu'à moi, mais soyez sur vos gardes, il est rusé et sans pitié.

— Je n'ai ouï aucune menace de cette sorte ici, à Bruxelles.

— Il finira par y venir.

— Est-ce pour cela que vous êtes venu me rendre visite ?

— Il était de mon devoir de vous en aviser.

— Vous auriez pu envoyer l'un de vos majordomes.

— Assurément, mais j'avais envie de vous voir, finit-il par dire.

À mon tour, je serrai mes doigts autour des siens.

Nous étions liés à jamais, mais notre rapprochement dépassait largement la relation de maître à serviteur. Nous étions amis, de cette amitié rare et profonde qui pouvait réunir deux individus. Nous pouvions passer des décennies sans nous voir, mais le jour où nous nous rencontrions, il semblait que la dernière fois n'était autre que la veille.

— Une petite chasse vous ferait le plus grand bien, annonça-t-il plein d'entrain.

— Soit ! Partons en chasse. Je m'en délecte déjà.

— Voyez, vos instincts sont toujours intacts !

— Vous en aviez douté ? rétorquai-je d'un ton coquin en sortant les dents.

Trente minutes plus tard, nous marchions bras dessus bras dessous sur l'avenue Louise, en direction du bois de la Cambre. Nous ressemblions à un couple bien ordinaire faisant une promenade digestive.

— Où m'emmenez-vous ? demanda-t-il.

— Dans le bois, très cher. N'est-il pas meilleur endroit pour une partie de chasse ?

— En effet !

Peu de monde traversait le bois de nuit, à l'exception de quelques imprudents ou des gens pressés qui prenaient ce raccourci vers l'autre côté de la ville. Nous n'avions pas besoin de témoins, juste des victimes pour assouvir notre soif.

– Je crois que ce couple ferait très bien l'affaire, chuchotai-je à mon maître.

– Ici, maintenant ?

– Non, une chasse ne peut être bonne que si la proie est effrayée. Suivons-les un peu, soyons pressants sans pour autant être pressés.

– Je vous reconnais bien là, Nocturne.

– Je m'en réjouis. Je n'ai rien perdu de mes instincts, j'ai juste choisi la facilité pour le moment. Croyez-moi, lorsque le besoin s'en fait ressentir, je sais être moi-même.

– Vous me le démontrez ce soir. Excusez-moi d'avoir douté de vous.

Je fis une pause et le fixai : il était sérieux. Mon maître venait de s'excuser. Nous reprîmes notre marche tantôt lente, tantôt plus soutenue. La femme devant nous tourna la tête une première fois après un rire de ma part plus fort que la convenance ne le permettait.

La traque pouvait enfin commencer.

Le bois était peu éclairé, voire pas du tout à certains endroits. Quand elle trébucha, son compagnon la rattrapa de justesse avant qu'elle ne tombe. Elle lui chuchota ses inquiétudes à l'oreille et il se tourna vers nous. Nous ne ralentîmes pas notre allure. Il la tira à lui et accéléra la marche. J'entendais les battements de leurs cœurs s'accélérer, leurs sangs commençaient à bouillonner !

Au loin, les lumières faisaient lentement leur apparition. Nous devions agir maintenant avant que la rue ne soit là.

– Je prends l'homme, dis-je, puis je lâchai le bras de Dracula en courant en direction du couple.

– Très bon choix !

À grande vitesse, j'arrivai dans le dos de l'homme qui n'avait plus aucune chance de s'en sortir. J'encerclai son cou de mes bras, alors que mes jambes s'enroulaient autour de son corps. L'impact fut tel qu'il tomba au sol. Je le retournai et pour davantage l'effrayer, je poussai un cri strident en plongeant mon visage et ma bouche béante au-dessus du sien. Il devint livide ! Aucun son ne sortit de sa bouche. Je tournai la tête vers mon maître à califourchon sur la femme qui tentait de fuir. La scène était cocasse pourtant aucun rire ne franchit mes lèvres. Nos regards se croisèrent, et après un signe de tête nous enfonçâmes simultanément nos canines dans les cous charnus de nos victimes. Mon geste fut si brusque que le sang gicla et m'aspergea le visage, ce qui me rendit encore plus bestiale. De nouveau, je plantai mes dents dans la plaie et en arrachai un grand lambeau de peau. Que c'était bon de se laisser aller !

Je le vidai de son sang et bientôt, son cœur cessa de battre. Je sentis la présence de mon allié d'un soir près de moi et tournai la tête vers lui. Du sang coulait encore de ma bouche, démontrant mon avidité et ma sauvagerie non oubliée.

— Êtes-vous certaine que la chasse ne vous manque pas ? demanda-t-il en me tendant une main pour me relever.

J'acceptai son aide, debout près de lui, il sortit un mouchoir de sa poche et essuya le sang coagulant déjà autour de mes lèvres.

— La chasse solitaire n'a rien d'attrayant, répondis-je alors que j'époussetais ma robe de toutes les feuilles mortes qui s'y étaient collées.

Je relevai la tête vers lui et lui souris.

— Trouvez-vous un compagnon de jeu, me suggéra-t-il.

— J'en ai trouvé un, mais il est encore trop jeune. Pour ses trente ans, je lui ferai ce cadeau.

— Est-il demandeur ?

— Harceleur même, obnubilé par son apparence !

— Ne le faites pas trop languir dans ce cas.

— Rassurez-vous, l'heure est bientôt venue.

Les deux corps laissés là où ils étaient, nous rebroussâmes chemin comme si de rien n'était.

— Que voulez-vous faire maintenant ? demandai-je alors que nous sortions du bois.

— Tout ceci m'a donné soif, Bruxelles a-t-elle un bar à absinthe ?

— Bien entendu, nous prenez-vous pour des demeurés ?

Amusé, il ne répondit pas. Un fiacre de place s'arrêta près de nous et le conducteur se pencha dans notre direction.

— Je vous dépose au centre ?

— Volontiers, répondis-je.

La nuit ne faisait que commencer !

Rencontre

La visite de Dracula m'avait rappelé ô combien il était bon d'être moi-même. Nous avions passé une nuit mémorable, même si les buveurs d'absinthe n'avaient eu aucune peur, car bien trop imbibés. Leur sang relevé d'une pointe d'anis avait été succulent !

Londres rappela mon maître. Son départ si rapide m'emplit d'une grande solitude, mais ses affaires étaient pressantes, il n'avait donc pas eu d'autre choix. J'aurais pu l'accompagner comme il me l'avait proposé, mais j'aimais bien trop cette ville pour m'en éloigner… pour le moment.

C'était la fin d'après-midi, j'écoutais Chopin sur mes cylindres, les notes du piano de l'opus numéro 3 remplissaient ma tête, lorsque le carillon de la porte d'entrée retentit une première fois. J'attendais que Léonie ouvre au visiteur, mais quand le deuxième coup résonna dans le vide de la maison, je me souvins alors que ma gouvernante était sortie. Ouvrir la porte ne constituait pas un problème pour moi, contrairement aux rayons du soleil encore présents en cette journée d'automne.

Je me dirigeai vers l'entrée. Je humai l'air, mais ne reconnus pas l'odeur de la personne se tenant derrière. Un étranger était là et il insistait pour que j'ouvre avec, cette fois, un coup de pommeau de canne sur le bois. Cette personne m'avait-elle entendue arriver ?

J'entrebâillai la porte en veillant à rester à l'abri des rayons de l'astre meurtrier. Je ne pouvais pas voir mon visiteur, il ne pouvait pas me voir non plus.

— Mademoiselle Nocturne ? demanda-t-il en inclinant la tête, je distinguais son ombre sur le sol.

— Oui, à qui ai-je l'honneur ?

— Monsieur Anton m'envoie à propos d'un gramophone.

— Oh ! Entrez, je vous prie, dis-je en entrouvrant la porte avec une extrême prudence.

— Je vous remercie. Excusez-moi de vous importuner à votre domicile, mais il m'a dit que vous étiez un peu souffrante, donc je me suis permis de venir à vous puisque vous ne pouviez pas vous rendre dans notre magasin.

Il tenait dans sa main une grosse boîte en carton ressemblant étrangement à celle utilisée pour les chapeaux, mais en bien plus imposante.

— Il a eu parfaitement raison. Suivez-moi, s'il vous plaît, dis-je en refermant la porte.

Il n'était pas question que je l'emmène dans mon petit salon. Il me suivit dans la salle de gauche, plus appropriée pour les visiteurs. Elle était bien plus grande, toute blanche sur un sol de parquet en chêne, également blanc. Un feu de cheminée crépitait, vers lequel il se dirigea directement afin de se réchauffer. Le soleil n'était plus assez chaud et dehors la température n'était guère plus élevée que cinq petits degrés. Il ôta ses gants, révélant ses mains rougies par le froid.

— Désirez-vous une tasse de thé ? lui demandai-je, peu habituée à recevoir chez moi.

Il me fixa l'air surpris.

— Ma gouvernante s'est absentée…

— Volontiers, je suis gelé, répondit-il alors.

Je lui fis un discret sourire et m'éclipsai pour me rendre en cuisine. Je revins quelques minutes plus tard avec un plateau que je déposai sur une table face au feu. Je l'invitai à m'y rejoindre.

Avant de s'asseoir, il se présenta à moi.

— Gregor Thomaston, pour vous servir Mademoiselle.

Je lui tendis la main et enfin il s'assit, ce qu'il pouvait désormais faire puisque les présentations avaient été faites, tardivement certes, mais faites.

Au contact de la tasse, ses mains auxquelles de toutes évidences il prenait grand soin, peu à peu reprenaient une couleur normale.

— Fait-il si froid que cela dehors ?

— Oui, je crains que l'hiver ne soit en avance cette année.

Je le regardai se réchauffer, cet homme qui était entré dans ma maison sans crainte. Il me paraissait un peu timide. Il devait avoir environ trente-cinq ans et il se tenait fort bien, ce qui m'indiqua une bonne éducation, probablement anglaise. Ses cheveux effleurant ses épaules m'inspiraient qu'il dût être peintre ou comédien. Dans tous les cas, rien ne laissait deviner qu'il soit un quelconque vendeur. Ses yeux étaient d'un noir peu commun, bien plus foncé que sa chevelure. Des favoris couraient très bas sur ses joues, rejoignant presque son bouc.

Je crois qu'il était beau.

— Êtes-vous anglais, Gregor ?

— Pas totalement, ma mère était française.

— Mélange raffiné !

— Je n'y suis pour rien, vous savez.

Je souris à ce trait d'humour. Peut-être n'était-il pas aussi timide que cela.

— Que vous a raconté mon ami Anton ? demandai-je en reposant ma tasse.

Il posa à son tour la sienne et me fixa de ses yeux noirs comme le charbon.

— Il m'a dit que vous vous intéressiez fortement à la musique et que vous aimiez à l'écouter dans votre demeure, même si pour moi cet art doit être partagé. Je lui ai promis de venir vous voir pour vous faire une démonstration, finit-il en me montrant la boîte du regard.

— Je vous remercie. Pour le moment, j'écoute la musique sur des cylindres que Monsieur Edison m'a gentiment offerts.

Il me regarda l'air surpris.

— Vous avez rencontré ce génie ? demanda-t-il une pointe d'excitation dans la voix.

— Oui, aux Amériques, il y a quelques mois de cela.

— Comment était-il ?

Sa curiosité et son manque de retenue m'enchantèrent.

— Excusez-moi, je m'emporte. Laissez-moi vous montrer mon appareil, dit-il un peu gêné en se levant.

Il s'empara de la boîte qu'il ouvrit, ne me laissant pas le temps de répondre quoi que cela soit. Il en sortit un appareil de forme très étrange, mais dont le cornet ressemblait au phonographe d'Edison. Je me levai pour le rejoindre.

— Posez-le ici, je vous prie, dis-je en lui montrant une table basse en bois.

Il s'exécuta, puis il repartit fouiller dans la boîte. Il en sortit une sorte de galette.

— La musique est gravée sur ce disque, annonça-t-il en le posant délicatement sur le plateau du gramophone, c'est encore expérimental. Mon ami, Monsieur Berliner[3], pourrait, si vous le désirez, vous en fournir un.

— Vous feriez cela pour moi ?

— Ce n'est que bonne publicité pour son projet, répondit-il en souriant.

Puis, il tourna une manivelle positionnée sur le côté droit de l'appareil. Lorsqu'il posa un petit manche muni d'une sorte d'aiguille sur le disque, il y eut un petit grésillement, puis la pièce fut envahie d'une douce mélodie.

— Du violon ? m'aventurai-je.

— Tiré d'une œuvre de Monsieur Félix Mendelssohn[4], Mademoiselle.

— C'est magnifique, je croyais qu'il était pianiste...

— Il a aussi écrit des concertos pour violon.

Je laissais la musique pénétrer mes sens, lorsqu'une évidence se dessina dans mon esprit.

— Vous aimez la musique... Vous n'êtes pas un vendeur, n'est-ce pas ? dis-je en me détournant de lui.

Je commençais à comprendre les desseins de mon ami Anton : il m'avait envoyé cet homme pour autre chose que son gramophone, cependant je m'avouai silencieusement que l'idée était judicieuse.

———————————————

[3] Inventeur allemand du gramophone (1851-1929)

[4] **Félix Mendelssohn**, était un chef d'orchestre, pianiste et compositeur allemand du début de la période romantique, né à Hambourg le 3 février 1809 et mort à Leipzig le 4 novembre 1847. (Wikipédia)

— Anton m'a demandé de vous montrer l'appareil, effectivement, je ne le vends pas, il m'appartient.

— Quel est votre métier, Gregor ? demandai-je regardant les flammes danser dans le foyer.

— J'enseigne la musique, le chant et le piano pour être plus précis.

— Que vous a réellement dit mon ami Anton ?

— Rien de plus que votre propre passion pour la musique.

— Vraiment ?

Il se rapprocha de moi posant une main sur le linteau de mon imposante cheminée.

— Qu'aurait-il eu d'autre à me dire ?

Je relevai les yeux vers lui, son regard était pénétrant.

— Rien de bien important, j'imagine. Comment le connaissez-vous ?

— Nous avons étudié ensemble, je le connais depuis de nombreuses années.

— Je ne vous ai jamais rencontré à l'une de ses soirées, insistai-je.

— La bourgeoisie m'ennuie au plus haut point.

— Oh ! Nous voilà donc un point commun !

— Deux… La musique semble en être un autre, ajouta-t-il avec raison.

Je reculai de quelques pas au moment où la porte d'entrée s'ouvrit.

— Mademoiselle, je suis de retour, cria Léonie en refermant celle-ci.

Puis, elle nous vit.

— Excusez-moi, je ne savais pas que vous aviez de la visite.

J'esquissai un sourire en guise de réponse avant de me retourner vers mon visiteur, alors que Léonie s'enfuyait dans la cuisine.

— Soit ! Cet appareil, ce gramophone... Pourriez-vous m'en rapporter un ? demandai-je.

— Cela sera un immense plaisir de m'acquitter de cette tâche pour vous.

— Je vous remercie, dis-je en commençant à me diriger vers l'entrée.

— Pourquoi sommes-nous dans la pénombre ? demanda-t-il alors qu'il remballait le gramophone dans son écrin.

Je fis une halte pour lui répondre.

— La migraine très cher... La lumière du jour accentue mes maux. Dans l'attente d'un mieux, je préfère donc la pénombre à la douleur.

— C'est un sage stratagème, admit-il d'un ton compatissant en empoignant sa boîte.

Nous nous dirigeâmes vers l'entrée.

— Je reviens vers vous dès que j'ai l'appareil, dit-il en baisant ma main.

— Je vous en saurai gré.

À ce moment-là, Léonie refit son apparition pour ouvrir la porte au jeune musicien.

— À bientôt, Mademoiselle Nocturne.

— À bientôt, Monsieur.

La porte se referma, envoyant une bouffée d'air froid dans le hall d'entrée. Je l'imaginai se gelant de nouveau les mains en ce début de soirée.

– Qui est-il ? questionna Léonie qui ne tenait plus de rester dans l'ignorance.

– Un ami d'Anton.

– Devait-il venir cet après-midi ? Si je l'avais su, je ne serais pas sortie.

– Si je l'avais su…

– Serait-il venu de son propre chef ? Quelle inconvenance ! ajouta-t-elle, réellement choquée par cette attitude.

– Plutôt sur les conseils avisés d'Anton. Il va devoir m'expliquer pourquoi il m'envoie des gens en plein jour. Cela peut s'avérer dangereux pour eux, mais surtout peu prudent de sa part.

– Cela dit, il est très bel homme, ajouta-t-elle.

– Vous l'avez, vous aussi remarqué.

– Il faudrait être aveugle pour ne pas le voir. Je me réjouis que vous puissiez rencontrer du monde dans votre demeure, Mademoiselle.

– C'était inattendu. Veuillez m'apporter ma robe verte, dis-je pour couper court à la conversation, ne voulant pas entendre ce qu'elle pourrait me dire.

J'étais suffisamment pensive concernant cette rencontre.

– Bien, répondit-elle, les yeux baissés, partant déjà.

Je retournai dans la salle, où son odeur embaumait encore l'air. Quelle étrange entrevue. Le soleil s'étant enfin couché, je pouvais regarder la vie dehors comme le commun des mortels. Malgré le froid, les personnes que je voyais semblaient être heureuses. L'unique chose que j'enviais aux humains, c'était leur faculté à pouvoir sortir quand bon leur semblait, alors que moi, je devais attendre la nuit. Les rayons du soleil me tueraient dans la seconde, si d'aventure je passais le pas de la porte en plein jour. Tout le reste, je le laissais volontiers aux humains. Ils étaient si faibles, si fragiles. Le temps les faisait dépérir, la moindre maladie pouvait s'avérer fatale. J'avais été fragile de la sorte, mais Dracula m'avait fait don de son immortalité et de sa force. Je regrettais juste de ne pouvoir marcher un jour comme celui-ci dans un parc où la vision des feuilles tombant des arbres m'émerveillerait.

Après ce petit moment de nostalgie, je me préparai pour rendre une visite à mon ami. Je ne connaissais pas encore la teneur de celle-ci, puisque tout allait dépendre des réponses qu'il me donnerait. Quel avait été son but en envoyant cet homme chez moi ?

— Léonie, je sors, veillez à aérer la grande salle, s'il vous plaît.

Elle arriva de la buanderie, l'air interrogatif.

— S'il vous plaît, dis-je en refermant la porte.

Je me rendis directement chez Anton sans perdre de temps à flâner. L'air était moins froid que je ne l'eus cru. Le majordome muet m'ouvrit et me fit entrer dans la maison de maître qui pour une fois ne recevait pas la bourgeoisie belge. C'est dans la bibliothèque, lieu que je ne connaissais pas encore, qu'il me conduisit, où Anton lisait. Ce calme autour de lui me surprit. Il posa son livre, se leva et vint à moi.

— Nocturne, quelle bonne surprise, me dit-il en déposant un baiser sur ma joue.

— Bonsoir, mon ami.

— Désirez-vous un thé ou quelque chose pour vous réchauffer ?

— Je ne crains pas le froid, vous le savez très bien.

— J'avais oublié. Un alcool peut-être pour vous détendre ? Vous me semblez quelque peu désappointée. Gregor aurait-il été incorrect avec vous ? finit-il en servant deux verres de cognac.

Il m'en tendit un et m'invita à m'asseoir. Je pris place sur un fauteuil en cuir, le summum du raffinement, et jouai avec mon cognac pour qu'il réchauffe le verre. L'ambre foncé dansait dans le récipient de cristal sans jamais s'en échapper.

Il s'installa face à moi en me souriant.

— Pourquoi avoir envoyé cet homme chez moi et de surcroît en plein jour ? demandai-je.

Il avait eu l'intelligence de lancer le sujet, il connaissait parfaitement le but de ma visite.

— Je lui ai dit que c'était urgent, mais je ne pensais pas qu'il viendrait chez vous avant que j'eusse le temps de vous avertir.

— Mais pourquoi chez moi ? Vous savez ce que je suis, vous savez ce que j'aurais pu faire à votre ami !

— Vu la manière dont vous en parlez, vous ne lui avez rien fait ! Pour répondre plus en détail à votre première question, je voulais que vous ayez de la distraction, puisque sortir en plein jour pour vous est impossible, j'ai cru que…

Je lui bondis dessus en un dixième de seconde, il renversa son verre de surprise, mais surtout de peur.

— Ne vous avisez plus de croire ou de penser pour moi. Vous n'avez aucune idée de qui je suis et de ce dont je suis capable.

— Pour avoir nettoyé derrière vous plus d'une chambre, je pense être en mesure de savoir de quoi vous êtes capable, Nocturne ! répondit-il, ayant repris de l'assurance.

— Ne le croyez surtout pas ! Ne refaites plus jamais cela, je vous prie, finis-je en me levant.

Avant de me rasseoir, je lui resservis un verre. Il s'empara de la bouteille et la garda près de lui. L'alcool le détendrait… lui !

— Maintenant que ce point est réglé, comment avez-vous trouvé son gramophone ? questionna-t-il, puis il vida son verre d'un trait.

Je revoyais Gregor sortir l'appareil avec délicatesse de la boîte alors qu'il m'en expliquait le mécanisme et son odeur s'empara de mes sens me laissant une impression inhabituelle et étrange.

— Vous m'entendez, Nocturne ?

Il me sortit de ma rêverie.

— Très intéressant, Monsieur Edison va en être pâle de jalousie.

— Comment était le son ?

— Très pur, je l'avoue cela m'a beaucoup plu.

Il me fixait en silence, une étincelle dans le regard.

— J'en ai commandé un. Est-ce cela que vous vouliez savoir, Anton ? demandai-je suite à son silence quelque peu bizarre.

— Oui, dit-il simplement avant de boire à nouveau.

Anton était choqué, je le voyais sur son visage. La bouteille près de lui descendait à une allure vertigineuse. C'était très bien, il ne prendrait peut-être plus d'initiative quant à mes visiteurs.

— Allez-vous en prendre un vous-même ?

— Non, je n'aime que la musique qui est jouée par des musiciens face à moi. J'aime les voir jouer, voir leur main courir sur les instruments.

— Vous êtes très snob, Anton !

— C'est la raison pour laquelle les gens m'aiment, très chère !

J'éclatai de rire : il avait un humour si particulier et une suffisance certaine ! L'alcool qui courait dans ses veines faisait l'effet escompté, il se décrispait.

— L'homme vous a-t-il plu ? demanda-t-il soudainement.

— Je vous demande pardon ?

Sa question me déstabilisa.

— Allons, Nocturne, vous savez très bien où je veux en venir.

— Je l'ai trouvé charmant.

— C'est tout… juste charmant, dit-il un peu déçu de mon qualificatif. Ne l'avez-vous pas trouvé… beau ?

Anton avait, ce n'était un secret pour personne, un penchant fort prononcé pour les hommes.

— Est-il l'une de vos conquêtes ? demandai-je alors, esquivant sa question.

— Hélas, non. Il est désespérément tourné vers la gent féminine.

— Pourquoi me l'avez-vous envoyé ? Soyez honnête !

— La musique, sa beauté est un plus, croyez-moi c'est l'entière vérité.

Je le regardai et le crus.

— Avez-vous revu votre ami depuis sa visite à mon domicile ?

— Non, pas encore.

Je finis mon verre, le posai sur la table et je pris congé. Probablement que je verrais Anton prochainement, il allait certainement bientôt organiser une de ses autres soirées tant prisées.

J'errai dans les rues de Bruxelles sans vraiment regarder où mes pas me menaient, durant deux bonnes heures. Une odeur de poisson et de café me fit prendre conscience de l'endroit où je me trouvais au moment où quelqu'un m'accosta :

— Avez-vous besoin de distraction, ma belle dame ? me demanda un homme très jeune.

Je le regardai de haut en bas : il n'était pas vilain, sa compagnie me changerait les idées et cette journée m'avait donné soif de plus d'une chose.

— Pourquoi pas après tout…, lui répondis-je en lui prenant le bras.

Il m'emmena dans un endroit étrange : mélange de pauvreté, de saleté et d'un goût fort douteux. Il gagnait sa vie en vendant son corps aux belles dames qui, comme moi, parfois s'ennuyaient. Cela ne lui rapportait pas grand-chose au vu de son intérieur.

J'abusai de lui autant qu'il le fit de moi, mais je lui laissai la vie sauve, et ne goûtai pas son sang. Il était suffisamment malheureux pour que je ne rajoute pas la souffrance à son existence. Avant de partir, je déposai le double du prix demandé sur la commode et lui demandai d'être prudent. Il mit l'argent dans un tiroir sans relever ma réflexion.

Je rentrai chez moi. Léonie m'accueillit en souriant.

Pour une fois, je rentrais tôt !

Poésie musicale

Depuis plusieurs jours, un calme étrange régnait dans Bruxelles et sur mon cercle de connaissances, comme si quelque chose se tramait sans que j'en sois avisée. Je pris donc la décision de partir faire une promenade sans but précis, à part bien entendu celui de me nourrir.

Le soleil était déjà couché, bien qu'il fût encore tôt. Le ciel bas et lourd aidant, une clarté un peu métallique, un peu bleutée, éclairait cette soirée naissante. La nuit noire ne viendrait que plus tard.

Je trouvais la promenade agréable. Le vent agitait les rares feuilles que les arbres n'avaient pas encore perdues. Bientôt, la nature mise à nu annoncerait l'arrivée de l'hiver. Je passai devant un parc où des enfants jouaient, malgré l'heure avancée, sous l'œil attentif de leur nourrice. Je m'arrêtai quelques instants pour observer un fragment de vie qui jamais ne serait mien. En toute honnêteté, je ne pense pas en avoir eu envie un jour, mais quoi qu'il en soit, c'était dorénavant trop tard pour ne serait-ce qu'y songer. Je chassai donc ces pensées idiotes de ma tête et passai mon chemin. Je me retrouvai dans une allée assez large.

À intervalles réguliers jaillissaient des arbres du trottoir, des platanes peut-être. Un homme qui promenait son chien me dépassa d'un pas rapide. Lui n'était pas là pour flâner.

Maintenant je m'ennuyais, il fallait bien l'avouer, errant sans but précis dans cette ville que je chérissais tant.

Au bout de cette belle artère, il y avait un café d'où provenait une animation bruyante. En m'approchant, je vis un homme monté sur une table, tenant dans sa main des feuillets. Il lisait de la poésie avec une passion déchaînée et communicative. Je pris place à l'une des rares tables encore libres et m'amusai à l'écouter en buvant un thé noir.

> *« Ô fins d'automne, hivers, printemps trempés de boue,*
> *Endormeuses saisons ! je vous aime et vous loue*
> *D'envelopper ainsi mon cœur et mon cerveau*
> *D'un linceul vaporeux et d'un vague tombeau.*
> *Dans cette grande plaine où l'autan froid se joue,*
> *Où par les longues nuits la girouette s'enroue,*
> *Mon âme mieux qu'au temps du tiède renouveau*
> *Ouvrira largement ses ailes de corbeau.*
> *Rien n'est plus doux au cœur plein de choses funèbres,*
> *Et sur qui dès longtemps descendent les frimas,*
> *Ô blafardes saisons, reines de nos climats,*
> *Que l'aspect permanent de vos pâles ténèbres,*
> *Si ce n'est, par un soir sans lune, deux à deux,*
> *D'endormir la douleur sur un lit hasardeux.*[5] »*

---

[5] Brumes et pluies – Charles Baudelaire.

Sur ces derniers mots, un silence total tomba sur la salle, l'homme parcourait du regard toutes ces personnes venues l'écouter, essayant de sonder leurs esprits.

Au bout de quelques secondes, il se pencha en avant tirant une révérence :

— De Charles Baudelaire, mes amis…, finit-il par annoncer.

Les clients autour de moi se levèrent et accueillirent ce final par un tollé d'applaudissements ! L'homme, le conteur se releva heureux de cette clameur et sauta de la table avec aisance. Il rejoignit un groupe de jeunes gens et céda sa place à un autre individu qui s'installa cette fois au piano.

Il prit du temps pour s'asseoir et arranger ses partitions. Il regardait le clavier face à lui. Il donnait cette impression de communiquer avec les touches, les parcourant de ses doigts. Allaient-elles lui dire où les poser ? Puis, il releva la tête vers moi qui me tenais, par le plus grand des hasards, dans sa ligne de mire. Son regard noir me pénétra et je le reconnus. Me reconnut-il en retour ? Je ne saurais le dire, mais le fond de son regard semblait envoûté quand il posa ses doigts sur les touches et ferma les yeux. Il balançait doucement la tête au rythme de ses mouvements, soulevant les sourcils sur les notes plus aigües. Il vivait sa musique, il nous faisait partager ce moment avec tant de grâce. J'étais suspendue à ses notes comme j'aurai pu l'être à ses lèvres. Cela dura un temps qui me parut bien trop court.

Lorsqu'il se leva et se dirigea vers moi, les gens applaudissaient toujours.

— Nocturne…

Je me levai et lui tendis la main en lui souriant. J'étais heureuse de le revoir.

— Puis-je ? demanda-t-il.

— Vous m'offenseriez de ne pas le faire, Gregor ! dis-je en me rasseyant.

— Loin de moi cette idée.

Le serveur se rapprocha de nous.

— M'accompagneriez-vous avec un verre de cognac ? me demanda-t-il.

— Volontiers.

L'homme au tablier noir repartit et revint vers nous quelques secondes plus tard.

— Quel est cet endroit ? demandai-je.

— Un café littéraire comme il en fleurit un peu partout dans Bruxelles.

— Vous ne faites pas dans les mots !

— Non, dans les notes qui parfois valent plus que des mots, rétorqua-t-il.

— En voilà une façon bien poétique de l'énoncer. Vous jouez avec grâce, Gregor, vous m'avez enchantée !

— Votre présence m'a pourtant perturbé et j'ai fait quelques fausses notes.

— Je ne les ai pas entendues et je pense que personne ne les a remarquées, excepté vous-même, lui dis-je posant la main sur son avant-bras.

Son regard s'attarda sur mon geste.

— Je m'excuse, m'empressai-je de dire tentant de retirer ma main.

Il la retint.

— De grâce…

— Soit, dis-je en le fixant.

Son regard une nouvelle fois me transperça. Je pouvais y lire une passion bien différente de celle que la musique avait éveillée en lui un instant plus tôt, pourtant l'étincelle était bien présente, chaude et pénétrante. Je repris doucement ma main avec regret. L'endroit n'était pas approprié à de tels échanges, même si ici les esprits semblaient plus libres.

— Il est tard, je dois rentrer, annonçai-je.

— Laissez-moi vous raccompagner...

Je restai silencieuse, je ne savais que faire. Les choses me paraissaient aller trop vite et cela devenait dangereux pour nous deux, mais surtout pour lui. Je n'avais pas pour habitude d'avoir un amant pour plus d'une nuit, puisque la plupart d'entre eux n'étaient plus vivants pour pouvoir en témoigner. Je déclinai son invitation et sortis du café, sentant son regard sur moi un long moment.

Il était si différent, il me troublait.

Je me surpris à passer ma main sous mon nez, son odeur une fois de plus m'enivra. Je repensai aux mots de Dracula sur la malédiction du sang. Pourrais-je retenir mes ardeurs si d'aventure nous allions plus loin dans ce qui me semblait inévitable ? Comment pourrais-je lui avouer quel monstre j'étais en réalité, si je voulais le préserver ?

Ces pensées m'agaçaient au plus haut point, mais cet amour naissant me plaisait. J'étais tiraillée entre la sagesse et la passion. La colère montait en moi au fur et à mesure de mes pas et cette colère, je ne connaissais qu'un seul moyen pour la calmer, mais ce soir je n'avais aucune envie d'un contact charnel avec un inconnu.

Je n'avais envie que de sang chaud et voluptueux.

Je marchai dans le noir de cette nuit d'automne et ne croisai que peu de monde. Cependant, le destin mit sur mon chemin une femme de petite condition. Instinctivement, je me mis à la suivre. Elle le remarqua et accéléra le pas. Avais-je l'air si dangereux ? Arpentant une ruelle guère plus large qu'un chemin, je la rejoignis et l'entrainai sous une porte-cochère. Là, nul besoin d'être polie ou gentille, je ne lui donnai pas l'occasion de crier.

Une main sur sa bouche, et sans aucune réserve, je lui tournai la tête pour révéler son cou. J'entendais ses sanglots, mais aucune pitié ne vient à moi, ma colère était bien trop grande. Je repoussai ses cheveux et perçai sa chair de mes canines acérées. Elle batailla peu. Chaque succion lui ôtait un peu d'essence. Lorsque ma tâche fut terminée et sa vie envolée, je relevai les yeux vers le ciel comme s'il pouvait m'aider.

Je sentis du sang encore chaud dégouliner de ma bouche entrouverte, je passai ma langue sur mes lèvres et pensai à Gregor. Enfin, je lâchai le corps inerte et le laissai là, prenant mon envol jusqu'à ma demeure. Cette dernière pensée m'avait mise encore plus en colère !

Lorsque je rentrai, Léonie devait être couchée car elle ne m'accueillit pas.

Sur le guéridon près de la porte, une lettre était posée. Je reconnus le papier de mon ami Anton. Qu'annonçait-il cette fois ?

Dans deux jours, il fêtait son trentième anniversaire et il me conviait à la fête mémorable qu'il organisait. Je souris en lisant ces mots, ceci était la raison de son silence depuis plusieurs jours.

Je décidai de prendre un bain. Cette femme avait laissé sur moi une odeur de friture. Je voulais me laver de toutes les senteurs qui faisaient que je n'étais pas moi-même.

Le bel Anniversaire

Une robe bleue drapée en satin en provenance de Paris avec un décolleté laissant deviner l'essentiel, de longs gants noirs rehaussés de jolis saphirs, le tout recouvert d'une cape en velours assortie aux gants composait ma tenue pour ce soir. C'est sous une neige tombante que je montai dans le fiacre qu'Anton avait envoyé pour me rendre à la fête la plus prestigieuse qu'il avait organisée en l'honneur de ses trente ans !

Bruxelles devait s'en souvenir, et Anton fit tout pour cela.

Quelques minutes plus tard, j'arrivai presque devant sa demeure. Lorsque mon véhicule s'arrêta, j'osai un regard vers l'extérieur. Une file de fiacres attendait devant le perron. Le majordome ouvrait chaque portière lui-même, aidant les invités à descendre. Anton n'avait pas fait les choses à moitié. Je mis plus de temps à arriver devant l'homme que pour parcourir les quelques centaines de mètres qui séparaient mon domicile de son domaine, mais je jouai le jeu. Ce n'était pas le bon jour pour le contrarier.

Lorsqu'enfin je pénétrai dans sa maison, je fus immédiatement sous l'enchantement de sa décoration. Il avait fait tendre sur les murs des draperies dorées et bordeaux. Mille chandelles éclairaient le chemin que nous devions suivre pour arriver dans la grande salle. Les lueurs tremblotantes des flammes créaient des reflets scintillants sur les pans de tissus ainsi que les cristaux et miroirs qui couvraient murs et meubles. Une myriade de scintillements pétillait dans les yeux des invités, comme au cœur d'un diamant. Mais, cela ne s'arrêtait pas là. Il avait fait monter des chapiteaux en continuité des portes fenêtres s'étendant sur le jardin. Sur les arbres alentours, des petits morceaux de papier multicolores renvoyaient des éclairs de lumière à chaque mouvement dû au vent.

C'était magique et magnifique !

Je me faufilai dans la foule bruyante et déjà nombreuse sans apercevoir mon ami. Plusieurs minutes plus tard, un roulement de tambour fit taire tout le monde, les lumières s'éteignirent, excepté celles du grand escalier. C'est là qu'il apparut tout de blanc vêtu, arborant un large sourire.

— Bonsoir, mes amis. Avant toutes choses, je voulais vous remercier pour avoir une fois de plus accepté mon invitation. Ce soir est un peu particulier pour moi, car comme vous le savez, c'est mon anniversaire ! Cela voudrait-il dire que je deviens vieux ? lança-t-il.

Un « *non* » retentit de la salle à ses pieds, lui arrachant un sourire rougissant.

— Je vous aime tous, cria-t-il soudain.

Les gens applaudirent à cet élan, peu caché, d'amour.

— Que la fête commence et ne finisse qu'à l'aube lorsque j'aurai accepté ce passage difficile, finit-il en rigolant.

Les lumières brillèrent de nouveau alors qu'il entamait la descente des marches. Un groupe de personnes s'agglutina en bas de celle-ci pour l'y attendre, alors que les autres retournaient à leur activité précédant l'interruption. Quant à moi, je pris une coupe de champagne rosé avant d'aller me promener sous les chapiteaux.

J'aurais bien le temps de voir Anton, puisque comme il l'avait si bien dit, nous avions toute la nuit, voire plus, pour lui souhaiter un bon anniversaire.

J'entendais la musique qui se jouait dans la grande salle alors que mon regard parcourait les jardins se recouvrant peu à peu de neige. C'était magnifique les lueurs projetées par le papier qui se mélangeaient avec les flocons.

— Vous aussi, vous vous êtes échappée ?

Cette voix me fit frissonner.

— N'avez-vous pas dit que vous n'aimiez pas ce genre de soirée ? dis-je à Gregor en me retournant.

— Je ne pouvais pas éviter celle-ci. Il est mon ami, répondit-il en me souriant.

Ce soir, il ne ressemblait pas à un artiste. Il collait parfaitement avec le décor dans son costume trois-pièces noir. Je devinais qu'il avait voulu faire honneur à Anton.

Cependant, sa large cravate avait été nouée de manière peu formelle. Il jouait avec sa canne, traçant des lignes imaginaires sur le sol.

— Vous ne buvez pas ? le questionnai-je en le fixant.

Il avait un regard enfantin et à la fois si mûr. J'avais encore du mal à le cerner. La seule chose dont j'étais certaine, c'était que nous nous plaisions à un point que nous avions du mal à cacher.

— Le bar a été pris d'assaut, j'ai choisi l'option d'attendre un peu.

Je fis un signe à un serveur avec un plateau, non loin de nous, qui vint lui proposer des verres. Il porta son choix sur une flute de champagne, certainement pour m'accompagner.

— Trinquons à Anton, je vous prie ! dit-il en me tendant son verre.

— À Anton donc, que cet anniversaire ne soit pas le dernier ! lançai-je.

— Mon Dieu, ne soyez pas si morbide ! réagit-il en s'étranglant à moitié avec son champagne.

— Je m'en excuse, mon humour peut parfois surprendre.

— Vous êtes toute pardonnée, Nocturne, dit-il doucement en prenant ma main.

Il était étonnamment surprenant. Il me perturbait ! Plus je le voyais, plus nous parlions, plus nous apprenions à nous connaître et plus il me troublait.

Il baisa ma main qu'il retint prisonnière un instant de plus, un instant de trop.

— Quand aurai-je mon gramophone ? demandai-je en trempant mes lèvres dans ma coupe.

— Je l'ai reçu ce matin, mais je n'ai pas eu le temps de vous l'apporter, vous m'en voyez désolé, dit-il sincèrement.

— Ne le soyez pas, ce n'était pas aussi urgent que ce qu'Anton a pu vous dire. J'ai mes cylindres. Certes le son n'est pas aussi pur, mais je ne suis pas dépourvue de musique. Vous êtes-vous enregistré sur l'une de ces galettes ?

— Non, je ne suis pas un virtuose. Ceci est réservé à une élite, je le crains.

— Ne vous sous-estimez pas mon ami. Votre toucher est magique, croyez-moi.

Je ne parlais pas que de sa manière de poser les mains sur le piano, mais il aurait été inconvenant de le lui dire.

Il ouvrit la bouche pour me répondre, lorsque :

— Gregor ! Vous ne me présentez pas ? dit une voix grave derrière nous.

Nous nous retournâmes en même temps pour faire face à un homme de forte corpulence, trop serré dans son costume. Il sentait la sueur et le sans-gêne.

— Certes, Mademoiselle Nocturne, permettez-moi de vous présenter Monsieur Doyles, il est le régisseur du département « *découverte* » au Conservatoire Royal où j'enseigne la musique.

De sa grosse main, il prit celle que je lui tendais et lorsqu'il y posa un baiser, je sentis son haleine au travers de mon gant. J'en fus instantanément dégoûtée.

— Enchanté, Mademoiselle.

Je lui répondais d'un sourire forcé et reculai d'un pas.

— Il me semble vous avoir déjà vue quelque part…, commença-t-il en se touchant le menton.

Si là était sa manière de courtiser, elle ressemblait au reste de son être : sans grande originalité ni finesse.

— Je crains que vous ne confondiez, Monsieur.

— Où cela ? demanda Gregor, curieux de savoir où notre rencontre aurait pu avoir lieu ou simplement dans le but de me soulager un peu.

L'homme continuait de faire mine de réfléchir tout en me déshabillant du regard.

— Au théâtre de la Monnaie ? finit-il par demander, pensant m'impressionner.

— Je n'y suis pas allée depuis des mois.

— Fichtre, votre visage ne m'est pourtant pas inconnu.

— Peut-être était-ce tout simplement ici ? Je ne rate pas une seule soirée d'Anton, essayai-je de l'aider en restant aimable.

— Anton… Qui est Anton ?

Je jetai un coup d'œil à Gregor qui semblait aussi effaré que moi par cette question.

— Bien, voyons, je dirais que c'est la personne qui vous a peut-être invité puisque c'est lui qui organise cette soirée en l'honneur de son trentième anniversaire, cet endroit où vous pouvez vous goinfrer et déshabiller du regard avec si peu de retenue toutes les belles femmes de Bruxelles, lançai-je.

À notre grande surprise, il se mit à rougir et s'excusa cette fois, en parfait gentleman. Nous nous retrouvâmes de nouveau seuls, après que ce goujat eut feint de reconnaître quelqu'un non loin de nous.

— Que cet homme est grossier ! dis-je.

— Excusez sa maladresse. Il est fort peu habitué au grand monde.

— Cela ne doit pas l'empêcher de savoir se tenir. Je suis restée polie parce que vous travaillez au Conservatoire avec lui. Comment est-il venu s'il ne connaît pas Anton ?

— C'est un vrai pique-assiette, il doit accompagner quelqu'un.

— Je suis heureuse que cela ne soit pas moi !

Nous éclatâmes de rire, après quoi le dossier de Monsieur Doyles fut clos. Un serveur reprit nos verres vides, nous libérant ainsi les mains. Gregor me souriait et je compris vite pourquoi.

— Me feriez-vous l'honneur ? demanda-t-il en me tendant la main.

— Volontiers, répondis-je, réellement ravie de me retrouver dans ses bras.

Nous partîmes nous joindre aux autres danseurs. Son odeur envahissait mes narines pour se répandre lentement dans mon cerveau, envahissant tout mon corps d'une agréable chaleur. Nous dansâmes ainsi durant un certain temps avant d'être gentiment percutés par un autre couple. Gregor se retourna vivement prêt à me défendre. L'attention était gentille, mais quelque peu inutile étant donné que ma force était bien plus élevée que la sienne. Son expression changea à la vue de notre hôte.

— Anton…, dit-il en lui serrant la main.

Le couple face à nous s'avérait peu commun. Puisqu'Anton célébrait son anniversaire cette nuit, il se permettait toutes les folies, dont celle d'afficher ses penchants particuliers pour les hommes.

— Mon ami Gregor qui danse avec la charmante Nocturne ! dit-il d'un air coquin.

Il posa un baiser sur ma joue comme il le faisait à chacune de nos rencontres.

— Ne lui faites pas de mal, me chuchota-t-il.

— N'ayez crainte. Nous présenteriez-vous votre cavalier ?

— Avec grand plaisir.

Il passa la main dans le dos de l'homme. Visiblement, il était bien plus qu'un simple cavalier.

— Simon est un ami d'enfance, annonça-t-il.

Nous échangeâmes regards et sourires de connivence. Il n'y avait nul besoin d'expliciter la situation particulière d'Anton et Simon entre nous.

— La soirée vous plaît-elle ? questionna Simon d'une voix fluette.

— Énormément, Anton s'est surpassé ! La décoration est splendide, le champagne frais et pétillant, que demander de plus ! dit Gregor.

Anton écoutait en me fixant. Qu'attendait-il de moi ? Je me rapprochai de lui.

— Avez-vous été gâté mon ami ? demandai-je.

— Je n'ai pas organisé cette soirée pour recevoir des cadeaux, mais pour avoir autour de moi toutes les personnes que j'aime. Cela dit, au cas où, mon majordome se charge de les entreposer sur une table près du grand escalier. Je n'y ai pas encore prêté attention, répondit-il en souriant.

— Faites bien attention de ne froisser personne si vous ne les ouvrez pas. Vous savez comment sont les gens, répliquai-je.

— Ne vous inquiétez pas, je sais être diplomate, au besoin.

— Je le sais bien, mon ami.

Gregor discutait avec Simon, apparemment de la dégradation logique du temps en ce début de novembre. C'était étrange de nous voir là, nous quatre en plein milieu de la piste de danse complètement immobiles.

La soirée et la nuit se passèrent bien. Gregor et moi, nous ne nous quittâmes pas un seul instant. Nous dansâmes plus qu'il n'était sage de le faire, mais qui s'en souciait ? Anton prenait soin de ses invités, qui le lui rendaient au centuple. Il fut gâté à outrance, mais quoi de plus normal pour un homme apprécié de ses pairs.

À trois heures du matin, dans l'air glacial de la nuit, un feu d'artifice fut tiré : un étonnant et judicieux mélange de couleurs éclaira les jardins, ponctué de « *Oh !* » et de « *Ah !* » du début à la fin.

Finalement, Gregor se retira, épuisé, me promettant de venir rapidement à la maison m'apporter le gramophone. Il voulait s'assurer au préalable de son bon fonctionnement. Je lui confiai à quel point j'avais adoré cette soirée en sa compagnie. Il m'embrassa sur la joue tendrement et se perdit dans le brouillard de l'aube naissante.

La grande demeure d'Anton semblait vide à présent et la musique s'était tue. Il remontait des cuisines le bruit de la vaisselle qui se lavait, puis se rangeait. L'animation avait changé d'endroit. Son bruit résonnait derrière chacun de mes pas alors que je montais les marches du grand escalier.

J'entendais des soupirs provenir de la chambre de mon ami. J'ouvris la porte doucement et le trouvai dans une posture sans équivoque sur son lit, en compagnie de son partenaire de danse. Ils ne remarquèrent pas mon entrée, pas plus que mon approche discrète.

Je les regardai jouir pleinement de la vie.

Au bout de quelques minutes, Simon releva les yeux vers moi. Immédiatement, il ramena les draps vers lui avec pudeur, ce qui me fit sourire. J'avais déjà vu tout ce qui était à voir. Anton se retourna vers moi.

— Laisse-nous, dit-il à son compagnon.

Ce dernier se leva, ramassa ses vêtements à la hâte et quitta la pièce, nu et en silence.

Je m'assis sur le rebord du lit en désordre. Il enfila une chemise et un pantalon, puis se rassit dans son nid douillet en se calant contre la tête de lit.

— Savez-vous pourquoi je suis ici ?

Il me regardait sans dire un mot. Lui faisais-je peur là et maintenant ? Comme il ne disait rien, je posai ma main froide sur la sienne.

— Je suis ici pour vous faire un présent…

— Pourquoi ? demanda-t-il en retirant sa main.

— N'est-ce pas votre anniversaire ?

— Vous m'avez déjà offert cette très belle écharpe en soie.

— Ce n'était qu'un petit cadeau que j'aurais très bien pu vous faire à n'importe quelle occasion.

Il devenait blême à présent qu'il commençait à comprendre le pourquoi de mon intrusion dans son intimité, comme jamais je ne l'avais fait auparavant.

— Quel est votre vœu le plus cher, Anton ?

— Rester beau et jeune…

Au moins, il osait encore le dire.

— Je vais vous faire ce don… ainsi vous le serez pour l'éternité. N'est-il pas le plus merveilleux des présents que vous allez recevoir pour votre trentième anniversaire ?

— Oui, je vous l'accorde.

— Auriez-vous changé d'avis ? demandai-je devant le peu d'entrain qu'il manifestait.

— Non pas le moins du monde, je suis juste un peu effrayé.

— Ne le soyez pas, voyons ! répondis-je en caressant sa joue.

Il était terrorisé, mais il tentait de rester digne.

— Vous êtes conscient des contraintes que vous apportera ce nouvel état. Vous ne pourrez plus sortir en plein jour, vous ne pourrez plus passer des heures à lambiner sous le soleil, vous ne vous nourrirez plus de la même manière et je pense que vous allez devoir vous défaire de quelques-uns de vos serviteurs. Votre vie va être bouleversée, Anton ! Donc, une dernière fois, je vous pose la question : est-ce vraiment ce que vous voulez ?

Il prit une grande inspiration avant de me répondre par l'affirmative d'un signe de tête.

— Je veux vous l'entendre dire, mon ami !

Il était mort de peur. Je savais qu'il attendait ce moment depuis très longtemps. Maintenant que l'heure était enfin venue, que cela devenait réel, il le voulait toujours, mais il avait peur, extrêmement peur. Ce que je comprenais fort bien.

— Je suis d'accord, Nocturne, plus que jamais, pour devenir la même créature sanguinaire que vous.

Il se pencha vers moi.

— Vous allez m'aider, me montrer, n'est-ce pas ? ajouta-t-il.

Je posai une fois de plus ma main sur lui pour le rassurer.

— Je ne vous abandonnerai jamais. Je vous éduquerai, n'ayez aucune crainte.

Il semblait soulagé alors qu'il s'adossait de nouveau à la tête du lit. Je croquai à pleines dents dans mon poignet et le lui tendis.

— Buvez mon sang, je vous prie.

— Mais…

— C'est indispensable pour votre résurrection.

Il empoigna mon bras et approcha de sa bouche les deux petits trous que j'avais percés dans ma peau. Sans dégoût aucun, il commença par lécher mes plaies avec délicatesse, puis il les suça et finit par aspirer mon sang. Maintenant que celui-ci circulait dans ses veines, il devait mourir. Je me jetai sur lui et pénétrai son cou de mes canines pointues. Il avait la peau fine et délicate. Il se débattit un instant, mais une fois la surprise passée, il se laissa faire jusqu'à ce que son cœur cesse de battre. Je le rallongeai doucement sur le lit, je n'avais plus qu'à attendre.

Je quittai la pièce, sachant que son renouveau ne surviendrait pas avant quelques heures. Un dernier regard sur le lit avant de fermer la porte. Il paraissait juste dormir. Seul l'oreiller rougi trahissait ce qu'il venait de se passer dans cette chambre.

Puisque le jour se levait, j'étais de toutes les façons bloquée ici. Je retrouvai Simon au rez-de-chaussée. Habillé cette fois, il buvait du champagne à même le goulot de la bouteille. En me voyant, il posa la bouteille, un air un peu honteux sur le visage.

— Ne vous gênez pas pour moi, lui dis-je.

— Où est Anton ? demanda-t-il, une pointe d'inquiétude dans la voix.

— Il s'est assoupi. Vous l'avez beaucoup fatigué, il semble.

Il rougit de mes mots qui en disaient long sur ce dont j'avais été témoin un peu plus tôt. Je m'assis près de lui.

— Il aura besoin de vous à son réveil.

— Vous pensez ?

— Pourquoi en douter ?

— Il m'a fichu dehors lorsque vous êtes arrivée. Vous devez être importante pour lui.

— Oui, assurément, mais pas pour ce que vous pensez ! Je ne suis pas une rivale.

— Je le sais…

Je sentis de la tristesse dans sa voix. Son amour pour Anton était si palpable et visible.

— Alors, ne doutez plus !

Il but de nouveau.

Des hommes arrivèrent en parlant bruyamment. Ils venaient pour démonter les chapiteaux. Au fur et à mesure de leur ouvrage, le soleil s'épanouissait et commençait à répandre sa clarté meurtrière au travers de la pièce. Je restai là le plus longtemps possible, et j'en profitai pour regarder les jardins majestueux et verts. Tout cela, cette vision, cette lumière, Anton venait de les perdre. Je sentis la chaleur m'atteindre et vis un peu de fumée s'échapper du dessus de ma main. Je ne devais plus tenter le diable, pas une seconde de plus. Je me levai rapidement et reculai dans la pénombre. Étrangement Simon me suivit, peut-être parce qu'il ne voulait pas rester seul.

— Allons voir si votre amant est réveillé, proposai-je.

Je savais pertinemment que c'était trop tôt, mais je devais absolument me protéger ! Arrivée devant la porte de la chambre, gentiment, j'endormis Simon par une pression précise sur son cou. Je soulevai son corps inerte et l'allongeai près de son aimé qui n'était quant à lui pas encore revenu d'entre les morts, puis je m'assis dans un fauteuil face au lit. Je n'avais rien d'autre à faire que patienter. Dans cette chambre, j'étais en sécurité.

C'était le jour d'Anton, jour de transition qui le mènerait vers sa résurrection. Il allait devenir ce qu'il avait tant désiré : un être immortel, doté d'une beauté qui ne déclinerait plus jamais et d'un charme auquel aucun homme ne résisterait.

Le soleil se couchait lorsque j'ouvris les yeux. Je m'étais assoupie dans ce fauteuil inconfortable. Mon cercueil me manquait. Plus aucun bruit ne venait du bas de la maison, tout avait probablement été rangé. Je me levai et allai m'asseoir près du corps mort d'Anton. Son visage était livide, la rigidité cadavérique avait disparu, son réveil n'allait pas tarder.

Ce n'était pas la première fois que je faisais cela, mais cette fois, je m'en réjouissais vraiment. J'allais avoir un compagnon de jeux et de chasse. Je ne serais plus seule lors de mes virées nocturnes. Le caractère fougueux d'Anton correspondait tout à fait au partenaire que je voulais. Il n'arriverait bien sûr jamais à la cheville de Dracula, mais celui-ci était loin de moi, de l'autre côté de la Manche.

Soudainement, le torse d'Anton se releva, les yeux grands ouverts sur la vie. Il parut reprendre une grande bouffée d'air. La surprise passée et le souvenir revenu de ce qui s'était déroulé quelques heures plus tôt, il s'assit maladroitement dans son lit, puis il prit conscience de son voisin.

— Il est aussi… ? demanda-t-il un peu surpris de pouvoir parler.

— Non, il est juste assoupi.

— Pourquoi est-il encore là ?

— Vous allez devoir vous nourrir, mon ami…

— Non, pas lui ! cria-t-il en sautant du lit, comme si mettre une distance entre eux allait changer l'issue de l'histoire.

— Si, lui…, répondis-je en le rejoignant.

Il avait l'air horrifié. Prenait-il conscience de ce qu'il devrait faire dorénavant, réellement, pour se nourrir ?

— N'y a-t-il pas mieux qu'une personne aimée pour votre premier repas ?

— Je ne veux pas le tuer…

— Il faudra vous y résoudre, dis-je en détournant sa tête et donc ses yeux du corps de Simon qui gisait sur le lit.

Je le fixai droit dans les yeux. Il avait l'air d'un jeune enfant et son âme était encore pure.

— Je vais vous éduquer, il va falloir me faire confiance…, aveuglément, Anton. Est-ce clair ?

— Oui… mais…

— Il n'y a pas de mais… aveuglément.

— Soit, je le ferai, répondit-il finalement.

— Je n'en attendais pas moins de vous. Venez, mon jeune ami, dis-je en le guidant de l'autre côté du lit.

Je le fis s'asseoir près de son bien-aimé. Il lui caressa la tête tendrement. Je pris le poignet de Simon et l'entaillai. Le sang commença à s'écouler, rouge vif et si odorant, alors le visage d'Anton changea. Ses yeux devinrent plus foncés, il ouvrit la bouche, révélant la soif qui s'était sournoisement insinuée dans son corps. Je lui tendis la chair ensanglantée.

— Prenez son poignet et faites comme avec moi, léchez-le pour commencer…

Il m'obéissait au doigt et à l'œil. Je ne devais pas faire plus pour le guider, son instinct devait prendre le dessus, il en allait de sa survie future.

Il tenta d'agir doucement sur la plaie entrouverte, mais, au bout de quelques secondes, il empoigna le bras de Simon et croqua à pleines dents dedans.

Et plus il buvait, plus il mordait fort.

Je me levai pour admirer le spectacle de ce jeune vampire qui déchiquetait le corps de cet homme qui, il y avait quelques heures encore, vivait, souriait et ne se doutait pas un seul instant de ce qui allait lui arriver. Qui n'aurait jamais pu imaginer ce que son aimé allait faire de son corps.

Par chance pour lui, il ne sentait rien !

Lorsque Simon fut bel et bien mort, je repoussai Anton de son premier repas et lui demandai de se calmer, car se nourrir d'un corps mort pouvait être dangereux. Il s'assit sur le fauteuil où j'avais dormi un peu plus tôt en attendant son réveil, alors que je recouvrais le pauvre malheureux d'un drap blanc. Je m'emparai du fardeau et le posai avec délicatesse dans le dressing d'Anton. Il n'était point nécessaire de laisser sous sa vue son amant décédé.

Mon ami suivit chacun de mes gestes.

Le visage d'Anton était recouvert de sang. La sauvagerie avec laquelle il s'était nourri, de son aimé, me montrait à quel point son humanité l'avait quitté.

Je l'aurais cru plus délicat !

J'allais devoir remédier à cela pour éviter un vrai bain de sang à Bruxelles. Je n'avais pas envie de quitter cette ville. Je ne voulais pas devoir aller chez Dracula me réfugier à cause d'un carnage. J'aimais trop vivre ici.

Je me déplaçai au coin toilette où je pris la cuvette et une éponge. Je ne pouvais pas laisser son visage si délicat souillé ainsi. Puis, je m'agenouillai devant lui et commençai avec tendresse à le nettoyer des traces de son premier repas. Il avait les yeux perdus, ailleurs.

— Regrettez-vous, Anton ?

Il baissa son regard vers moi.

— Non…

— Qu'est-ce qui vous tracasse ainsi, alors ?

— Mon acte.

— Vous saviez ce qu'être vampire impliquait.

— Oui, enfin je crois.

— Vous ne devez ni croire ni douter, jamais. Il en va de votre survie et de votre mental, répondis-je avec douceur.

— Je le sais bien, veuillez excuser ce moment d'égarement.

— Il y en aura d'autres. Rien ne va être simple dans votre nouvelle vie. Vous devez continuer à agir comme auparavant : organiser des soirées, séduire de bels hommes et être heureux.

— Pensez-vous vraiment que cela soit possible ?

— J'en suis certaine, il vous faudra juste être plus prudent. Vous ferez tout ceci aisément, certes peut-être pas au début, mais vous adapterez aisément votre mode de vie et vous trouverez de nouveaux alliés, de nouveaux contacts. Aux yeux des autres, rien ne changera, ni dans vos habitudes ni dans votre caractère. Ils aimeront toujours autant votre manière de les divertir, peut-être moins celle de les faire mourir.

Il me fixait de ce regard étrange de jeune vampire. Celui de la faim qui revenait déjà. Il n'avait aucune idée de comment assouvir cette envie, mais il apprendrait et deviendrait un vampire puissant. Je le sentais au plus profond de mon être.

À l'instant présent, il n'était que faiblesse. Fort heureusement, j'étais là pour l'endurcir.

Je me levai. Il me suivait du regard tel chiot en admiration devant son nouveau maître. Bientôt le jour disparaîtrait, laissant place à notre terrain de chasse, mais c'était maintenant qu'il avait soif et il était fort mal venu d'assoiffer un jeune vampire.

— Je reviens, vous ne bougez pas d'ici, annonçai-je, la main sur la poignée de la porte de sa chambre.

— Ne me laissez pas seul, Nocturne, dit-il, apeuré, en se levant.

— Je n'en ai que pour quelques instants, Anton. Faites-moi confiance.

— D'accord, finit-il par déclarer en se rasseyant dans le fauteuil.

Le seul endroit de la maison où régnait une activité était les cuisines qui se situaient au sous-sol. À cette heure, les domestiques devaient certainement s'y affairer à préparer un dîner que leur maître ne prendrait plus. J'entendais les casseroles s'entrechoquer et les couteaux émincer quelques herbes avec une précision sans pareil.

Sur le pas de la porte, j'observai. Cinq personnes travaillaient autour des fourneaux. J'y pénétrai et me dirigeai vers une femme d'une bonne quarantaine d'années. Elle était brune et un peu rondelette. À son bonnet, je reconnus qu'elle était une gouvernante, donc tout à fait apte à monter pour servir Anton.

Je m'approchai d'elle.

– Anton se sent un peu souffrant. Pourriez-vous lui monter un bol de lait chaud, je vous prie ?

– Bien entendu, Mademoiselle.

Elle se mit aussitôt à l'ouvrage laissant de côté ce qu'elle faisait. Anton avait des serviteurs exemplaires, qui à l'avenir allaient le servir d'une manière dont ils ne se seraient jamais doutés.

Une fois le lait devenu chaud, elle prépara un joli plateau et y déposa une rose. Que de belles attentions.

Je la suivis dans l'escalier. Elle montait d'un pas certain et léger. Elle connaissait très bien cet endroit. Probablement qu'elle travaillait ici depuis presque toujours, au service des parents d'Anton avant lui. Arrivée devant la porte de la chambre, elle marqua un temps d'arrêt, me laissant passer devant elle.

En silence, je poussai la porte que j'avais laissée entrouverte.

– Anton, voici un petit encas qui vous fera le plus grand bien, annonçai-je.

Il était assis dans son lit. Je m'approchai de lui et arrangeai les oreillers. Il était très pâle, mais toujours aussi beau.

La femme s'approcha à son tour et posa le plateau sur les genoux de son maître en douceur, lui souriant.

Anton ne bougeait pas, ne sachant que faire. Peut-être n'avait-il pas compris mon message. Alors que la domestique s'apprêtait à repartir et nous tournait déjà le dos, je l'interpellai.

— Ne partez pas, je vous prie.

Je la rejoignis, et la pris par les épaules.

— Anton a encore besoin de vous, dis-je doucement en la ramenant vers le lit.

Elle tourna gentiment la tête vers moi, l'air interrogateur.

— S'il vous plaît, dis-je en lui montrant son maître du doigt.

— Que voulez-vous que je fasse ? Je ne comprends pas…

Bien sûr qu'elle ne comprenait pas.

Je la conduisis doucement sur le côté de la couche de son maître et l'encourageai à s'y asseoir. Je pris dans ma main son doux poignet et le proposai à Anton. Il le prit à son tour et regarda la femme.

— Je m'excuse…

Elle ne répondit rien, toujours dans l'incompréhension de l'instant.

— Allez-y, Anton…, dis-je en me positionnant derrière la gouvernante.

Anton hésita jusqu'au moment où ses yeux s'assombrirent. Il ouvrit la bouche, montrant à la pauvre femme ses deux jeunes canines. Elle tenta de fuir, comprenant dans la seconde ce qui allait se dérouler. Je la retins par les épaules. C'était trop tard, elle était piégée.

Anton enfonça ses dents dans le fin poignet alors que moi, excitée par la peur de la femme et la faim de mon ami, je lui croquais le cou.

Elle ne mit pas longtemps à rendre les armes et l'âme. Son corps glissa lentement sur le parquet.

Je relevai la tête vers Anton qui me regardait d'un air de satisfaction. J'avais trouvé mon partenaire de chasse ! Nous allions exceller, Dracula serait ravi de l'apprendre.

Je rentrai enfin chez moi. Cette nuitée m'avait épuisée. Anton était mon ami, maintenant pour l'éternité. Si j'avais passé ses premières heures de vampire en sa compagnie, j'avais en revanche toujours besoin de mon intimité. Je n'aurais pas pu le laisser seul dans le départ de sa nouvelle existence, mais je savais qu'il apprendrait rapidement à se débrouiller par lui-même pour se nourrir.

Son existence reprendrait son cours.

Tentations obscures

Le lendemain soir, je me rendis une nouvelle fois chez Anton qui m'attendait avec une grande impatience.

La veille, je lui avais promis que déjà nous sortirions pour que je lui apprenne à chasser. De plus, je voulais l'éloigner de sa demeure : son équipe de serviteurs avait diminué de moitié en une seule journée. Je lui avais expliqué comment les préserver et en faire de vrais serviteurs de vampires à sa disposition, corps et âme. Il devait s'entrainer à l'hypnose au plus vite, sinon il ne trouverait plus personne pour entretenir sa belle et grande maison de prestige.

En plus du bois de la Cambre, la forêt de Soignes constituait l'un de mes terrains de chasse favoris. À l'orée des bois se trouvait un centre équestre. C'était là que je comptais lui montrer la finesse de la traque.

— Je ne pourrais faire de mal à un cheval, s'empressa de me dire Anton.

— Ne soyez pas idiot. Nous ne chassons les animaux qu'en dernier recours. Leur sang ne vous donnerait pas assez de force pour tenir bien longtemps. C'est l'humain, et juste l'humain qui nous intéresse !

— Voilà une très bonne nouvelle, dit-il en souriant.

— Rangez donc vos crocs, Anton, c'est encore un peu tôt.

— Excusez-moi, dit-il se ressaisissant.

Les jeunes vampires avaient toujours du mal à se contenir, d'autant plus quand l'heure de se nourrir approchait. Anton en était tout excité. L'art du camouflage et de la maîtrise de soi prenait du temps à acquérir.

Nous rentrâmes dans le centre équestre et les chevaux s'énervèrent à notre passage devant les écuries. Ils ressentaient les prédateurs que nous étions.

Les quelques lampadaires diffusaient des halos de lumière suffisamment espacés pour nous permettre de nous déplacer en toute discrétion. Nous marchions lentement à l'affût du moindre bruit. La traque avait débuté.

Ce soir, peu d'hommes ressortiraient en vie de cet endroit.

Un sifflement joyeux parvint à nos oreilles. Nous nous dirigeâmes vers le son. Un homme s'occupait d'une fort belle bête toute noire.

— Bonsoir, entamai-je.

Il releva le nez des sabots de l'animal qu'il décrottait avec soin.

— Bonsoir, puis-je vous aider ?

— Comment s'appelle-t-il ? demandai-je en caressant le cheval entre les deux oreilles.

— Victoire, c'est une jument.

— Elle est très belle. Vous appartient-elle ?

— Oh, pas du tout. Je m'en occupe, c'est tout.

C'était parfait, le décès d'un lad ferait moins de remous que celui de son employeur.

— Puis-je vous présenter mon ami, Anton ?

Anton se rapprocha de l'ouverture du box et fit un signe à son dîner. L'homme le regarda sans rien dire. Sentait-il que quelque chose n'allait pas ?

— Puis-je vous aider ? insista-t-il.

— Assurément, dis-je en ouvrant le box pour laisser entrer mon disciple.

L'homme se releva complètement, mais c'était déjà trop tard. Anton était sur lui, le transperçant de ses jeunes crocs de manière peu distinguée. Il était là, à quatre pattes au-dessus de lui, n'épargnant rien de son cou. Lorsqu'il ne trouva plus où mordre, il s'attaqua au visage de l'homme.

— Anton, cela suffit. Il doit être mort, lui lançai-je.

Il se releva, couvert de sang.

— Mettez-le au fond du box et nettoyez-vous un peu.

Il fit ce que je lui demandais sans rechigner, en appuyant le corps contre le bois. À le voir ainsi, il semblait faire un somme en compagnie de son animal préféré. Anton ressortit du box en caressant le cheval.

Il m'avait donné soif.

Nous devions trouver maintenant un peu plus qu'un jeune lad esseulé au fond d'un box. Deux vampires devaient se nourrir. Anton était fort bon élève, nous pourrions donc attaquer en même temps. L'heure de l'apprentissage s'achevait déjà pour laisser place à la complicité.

À quelques centaines de mètres se trouvait le bureau où, à cette heure tardive, il était très incertain de trouver encore du monde. Mais en tournant à droite après les écuries, le bâtiment était visible ainsi qu'une faible clarté à l'une des fenêtres du rez-de-chaussée. Quelqu'un devait s'éclairer à la lueur d'une bougie afin de terminer sa tâche du jour.

D'un pas léger, nous nous dirigeâmes vers cette fenêtre qui nous appelait.

Nous montâmes les trois marches pour accéder à la porte d'entrée entrouverte. Dans le couloir, la lueur venait de la droite : du bureau des inscriptions, à en croire le panneau accroché sur le mur.

Je frappai doucement à la porte. Une voix de femme répondit :

— Oui ?

Je poussai la porte et elle nous vit.

— Nous sommes fermés, lança-t-elle sur un ton désagréable, revenez demain matin.

Sa réaction me surprit, d'autant plus, quand se replongeant dans ses papiers, elle lâcha dans un murmure parfaitement audible :

— Il n'y a pas idée de venir si tard !

Son incorrection me mit dans une colère noire.

— Excusez-moi ! dis-je sur un ton contrarié.

— Demain, répéta-t-elle sans lever le nez vers nous.

Je m'approchai du bureau et posa mes mains dessus. Enfin, je captai son attention, car elle daigna me regarder.

— Oh, mon Dieu ! hurla-t-elle en reculant sa chaise.

Le grincement sur le bois que son geste produisit remplit le silence. Elle se retrouva debout, acculée entre son bureau et sa chaise contre le mur.

— Qu'êtes-vous ? bégaya-t-elle, beaucoup moins impudente maintenant.

— Votre hantise, répondis-je en sautant sur la table de travail.

Elle retomba assise sur sa chaise. La voyant piégée, je lui souris.

— Vous avez été vilaine… et très impolie, ajoutai-je alors que je descendais du bureau et m'y appuyais.

La femme s'urina dessus. L'odeur remonta de son siège pour s'éparpiller dans la pièce.

— Qu'est-ce…, commença Anton.

— Elle a peur ! dis-je simplement.

— L'odeur de la peur est bien incommodante, observa-t-il.

La femme ne disait plus un mot. Je me demandai même durant un bref instant si elle était toujours vivante, tellement les battements de son cœur étaient espacés.

— Anton, venez par ici, mon ami.

Il vint près de moi s'appuyer contre le bureau. Face à nous, notre proie. Il n'y avait eu ici aucune traque, aucune chasse, nous n'en avions pas eu l'occasion ou le temps, puisqu'elle avait lancé les hostilités. Elle avait été si désagréable que le jeu avait cessé avant même de commencer. Elle m'avait retiré toute envie de me distraire.

Quelle idiote !

Ne valait-il pas mieux mourir en s'amusant ? Je peux, cela dit, concevoir que le rôle de traqué, soit moins plaisant que celui du chasseur.

— S'il vous plaît… Pitié…

— Qu'est-ce qui vous effraie le plus ? demandai-je.

Elle me fixa.

— Vos yeux — puis elle tourna la tête vers Anton — et lui, ses dents ! Oh, mon Dieu ! finit-elle en hurlant, à la limite de l'hystérie.

Les humains avaient peur de notre apparence avant d'avoir peur des conséquences de se trouver face à un vampire. Je nous trouvais pourtant tellement beaux.

Je jetai un coup d'œil rapide vers mon complice qui comprit et se laissa littéralement tomber sur la femme. Il fallait qu'elle cesse de hurler avant que quelqu'un ne soit alerté.

Je tendis le bras et plaquai ma main sur sa bouche, étouffant ses cris de folie.

Avant qu'Anton ne l'ait vidée, je lui tirai sur les cheveux avec force et la soulevai du siège. Elle se retrouva nez à nez avec moi. Anton finit par s'écarter.

— Voilà ce qu'il en coûte d'être impertinent, Madame, lui lançai-je avant de lui planter mes canines directement dans la carotide.

Au bout de quelques secondes à peine, elle était morte. Je la laissai s'affaler sur la chaise. Puis, nous sortîmes après avoir soufflé la bougie.

À présent, nous marchions dans l'allée nous menant vers la sortie.

— N'êtes-vous pas trop déçu ? demandai-je.

— Pas du tout. J'ai trouvé tout cela exaltant et très intéressant.

— Une autre fois, nous ferons une vraie traque comme il m'arrive d'en faire parfois avec Dracula.

— Parlez-moi de lui…

Durant les quelques kilomètres qui nous séparaient de l'avenue Louise et de mon domicile, je racontai à Anton ma rencontre avec mon maître, son maître. Il buvait mes mots et mon histoire sans prononcer une parole.

Il me quitta sur le perron et déposa un baiser sur ma joue. Voilà une manie dont il ne se lasserait jamais.

Je le regardai partir vers chez lui, le cœur léger. Je ne m'étais pas trompée en faisant de lui mon allié le plus proche à Bruxelles.

Il était trois heures du matin lorsque je rentrai dans la maison.

Léonie m'attendait dans le vestibule.

— L'homme de l'autre jour est passé vous déposer un paquet, Mademoiselle.

— AH ! oui ? dis-je, surprise. Quand cela ?

— Vers vingt et une heures hier soir.

Gregor ! Je n'avais pas eu le loisir de penser à lui ces dernières heures à cause de l'apprentissage d'Anton.

— Il l'a posé sur la table du grand salon, ajouta-t-elle.

— Très bien, merci, Léonie, dis-je en retirant mes gants.

— C'est une très bonne chose, lança-t-elle.

— Que voulez-vous dire ? demandai-je en lui tendant ma cape.

— Il est venu ici et vous n'y étiez pas.

— En quoi est-ce une bonne chose ?

— Vous créez un manque, une impatience.

— Je n'y avais pas songé de la sorte. Merci, Léonie, ajoutai-je, sans vraiment comprendre pourquoi elle me disait cela.

— Je vous en prie.

Elle restait là, comme si elle attendait autre chose de ma part.

— Oui ?

— Pourrais-je avoir ma soirée ? finit-elle enfin par demander.

— Ce soir ?

— Oui, je sais que c'est dans beaucoup d'heures, mais j'aimerais m'organiser.

— Bien sûr, faites à votre guise. Je suis épuisée et je ne pense pas que je vais sortir ou avoir besoin de vous.

— Merci, Mademoiselle, dit-elle, heureuse, en faisant une révérence.

Elle partit à l'étage où se trouvaient ses appartements pour finir sa nuit.

Léonie m'attendait toujours. Elle se couchait lorsque je sortais, vers dix-neuf heures, pour ensuite pouvoir veiller jusqu'à mon retour. Elle fractionnait ses nuits pour mieux me servir.

J'ouvris en grand les deux vantaux me séparant du salon. L'odeur de cet humain me pénétra avec une rare violence ! J'en chancelai, me tenant au chambranle en bois de la porte. Alors je vis le paquet. Il était identique à celui qui contenait son gramophone. Une rose et un mot étaient posés sur le couvercle de la boîte.

J'étais certaine que ma servante avait clos exprès cette pièce pour y garder prisonnière l'odeur de Gregor.

Je repris ma marche au travers de la pièce vers la table face à la cheminée. Là même où nous avions pris un thé quelques jours auparavant. Je contemplai le paquet et l'en déchargeai de la fleur, très odorante elle aussi, ainsi que du petit mot. Je les posai sur la cheminée et entrepris d'ouvrir le paquet.

Il contenait, comme je m'y attendais, un gramophone. Je le déballai et le laissai là sur la table. Je tendis la main et m'emparai du mot. Je pris place dans un fauteuil près de la fenêtre après avoir ouvert les rideaux sur la noirceur de l'extérieur. Je tenais en mains le pli, n'osant pas l'ouvrir, les yeux rivés sur la rue endormie.

Je portai l'enveloppe sous mon nez pour m'enivrer de son odeur à lui. Un frisson parcourut tout mon corps.

Délicatement, je décachetai la missive. Elle contenait un petit carton couvert de la très belle écriture de Gregor :

« Très chère Nocturne,

Quelle déception de ne point vous trouver à votre demeure. Cela dit, votre gouvernante a été charmante, me laissant quelques instants pour vous écrire ces lignes. Ainsi que vous pouvez le voir, je vous ai comme promis apporté le gramophone. J'espère que vous en tirerez de grandes satisfactions ! J'y ai ajouté deux galettes qui, j'aspire à le croire, vous plairont.

J'aurais tant aimé que vous soyez là.

Je serai demain soir au café littéraire. Je n'ai pas envie de rester seul. Rejoignez-moi et pardonnez mon audace.

Votre dévoué,

Gregor »

Je relus le message des dizaines de fois, m'imprégnant de chaque mot et de leur signification.

Je restai ainsi pensive jusqu'aux premières lueurs du jour qui me rappelèrent que le soleil était mortel. Je quittai cette pièce pour me réfugier dans mon cercueil qui se trouvait au sous-sol. Il me fallait dormir du plus profond des sommeils sans interférence, sauf celles de mes pensées pour Gregor.

Mon horloge biologique me réveilla en fin d'après-midi. Je remontai dans ma demeure. Léonie s'affairait dans la cuisine en chantonnant. Probablement que la perspective de sa soirée la mettait de belle humeur.

Comme à chaque fois que je dormais en bas, à mon réveil j'avais besoin de thé. Dracula m'avait habituée à cette boisson, qui au début me répugnait, je dois l'avouer. Lorsque je pénétrai dans mon petit salon, la tasse fumante m'attendait déjà. Je lambinai une bonne demi-heure, me questionnant toujours sur l'invitation de Gregor, lorsque j'entendis la porte de la cuisine à l'arrière de la maison claquer. Léonie venait de partir.

Il me restait encore quelques heures avant la tombée du jour. Je décidai de me prélasser dans un bain en réfléchissant à la décision que je devais prendre.

Ma toilette terminée, j'allai dans mon boudoir pour lire un peu. Mon choix se porta sur un recueil de poèmes d'un anonyme que j'avais trouvé en emménageant ici.

Il ou elle avait choisi les mots avec tant de délicatesse et de minutie, qu'il me plaisait de les lire et relire. Il y était souvent question d'amour et du ravage que celui-ci avait sur les cœurs fragiles, comme probablement celui de l'auteur de ces vers.

La cloche du dernier tram hippomobile me ramena à la réalité de la vie, un peu trop brutalement et sans aucune poésie. Je me levai et me préparai pour sortir. Ce n'était peut-être que folie de le rejoindre, mais j'en avais finalement tellement envie.

Avant de fermer la porte, je vis la rose sur la cheminée. Je décidai de la prendre avec moi.

Je me retrouvai avenue Louise marchant vers mon but. Rien ne pouvait me détourner des lumières qui se dessinaient déjà au loin. Plus je me rapprochais, plus je me rendais compte à quel point cet endroit était fréquenté. J'entendais des éclats de rire et des applaudissements. Un poète venait, certainement, de finir son oraison.

Je me faufilai dans cette affluence vers l'odeur de Gregor, mais je ne le voyais pas encore. Je parcourus du regard cette foule en délire et aperçus Léonie en compagnie d'un homme que je ne connaissais pas. Là était l'explication de sa demande de congé.

Finalement dans le fond de la salle, l'objet de ma visite était assis seul à une table. En m'excusant, je traversai l'attroupement d'humains sans prêter attention aux odeurs alléchantes qu'il me renvoyait.

Mon objectif était tout autre et très clair.

Comme s'il avait perçu ma présence, il tourna la tête vers moi et me sourit. Quelques mètres nous séparaient encore. Il se leva et me tendit la main pour m'arracher à tous ces gens. Quand enfin, je la touchai, il me tira vers lui.

— Quel parcours pour arriver jusqu'à vous, Gregor !

— Cet endroit devient trop populaire, je le crains.

Nous nous trouvions si proches l'un de l'autre. Il tenait toujours ma main sans montrer le moindre désir de la lâcher.

— Je vois que vous avez trouvé mes présents, dit-il en regardant la rose que je conservais toujours tel un trésor et qui semblait-il avait survécu à ma traversée.

— Bien sûr, pourquoi serais-je venue sans cela ?

— Pour l'amour de la poésie, peut-être. Il me sourit et ajouta, asseyons-nous, je vous prie.

Nous prîmes place l'un à côté de l'autre. Il tenait toujours ma main comme quelque chose de précieux. Il fit signe au serveur qui, par miracle, le vit. Celui-ci se fraya un chemin et déposa deux verres de liqueur sur la table.

Alors, Gregor s'excusa du regard et me relâcha. Il s'empara de son verre et le leva en ma direction.

— Santé ! Et merci d'être venue, Nocturne.

— Vous savez que le plaisir est partagé, n'est-ce pas ?

— Oui, bien entendu, trinquons !

– À quoi ? ajoutai-je.

– À nous ?

– Soyons fous ! répondis-je en cognant mon verre contre le sien.

Je le bus d'une traite.

Cette situation m'enchantait, mais me contrariait dans le même temps. Deux désirs se télescopaient dans ma tête et mon cœur : celui d'aimer cet homme comme la femme que j'étais et celui de m'abreuver jusqu'à plus soif de son fluide si odorant, comme ma nature vampire me le suggérait. Cependant, je savais au plus profond de moi que je ne lui ferais jamais aucun mal. Mon cœur ne me le permettrait pas.

Nous restâmes, tard remplissant notre soirée de sourires, d'éclats de rire et de mots qui nous permettaient de découvrir et d'entrevoir certains de nos secrets.

J'appris que lorsqu'il n'était encore qu'un adolescent, ses parents l'avaient fiancé avec une jeune femme prénommée Helen. C'était un arrangement entre deux familles anglaises de renom. L'amour n'avait pas sa place dans le futur contrat nuptial. Quelques années après, Gregor s'échappa de cette impasse en prétextant devoir se rendre en France pour approfondir ses connaissances sur la musique. Depuis ce jour, ses parents ne lui adressèrent plus la parole, pour son plus grand bonheur. C'était probablement la raison pour laquelle il parlait d'eux au passé.

– Comment êtes-vous arrivé à Bruxelles ? demandai-je alors suspendue à ses lèvres.

J'adorais l'écouter parler.

– La musique toujours. Monsieur Doyles cherchait un professeur de piano.

– N'y en avait-il point en Belgique ?

— Il était en France lorsqu'il me proposa ce poste. Il m'a pour ainsi dire ramené dans ses bagages.

— C'est une très bonne chose, affirmai-je, quoiqu'inconfortable.

Ainsi, nous parlâmes des heures.

Évidemment, je ne dis rien quant à la soif de sang qui me hantait chaque nuit que Dieu faisait. Pas plus que je ne parlai de mes arrangements avec tous ces hommes. Ceci restait et resterait à jamais mon plus grand secret aux yeux de cet homme.

Cette soirée et ce mélange de bonheur nous liaient sentimentalement, un peu plus à chaque seconde.

Belle distraction

Anton envoya une lettre, différente, manuscrite. Ce n'était pas une invitation à une quelconque fête. Elle n'était adressée qu'à moi. Je fus surprise, puis je compris en lisant ses mots qu'il n'avait pas envie de sortir.

Il m'expliquait à quel point sa nouvelle condition le ravissait, mais il avait besoin de moi, car il ne savait que faire des cadavres qui commençaient à envahir sa véranda. Il avait trouvé le moyen de faire venir chez lui des hommes. Il avait pris exemple sur moi, leur promettant une nuit d'amour contre du sang. Durant de nombreuses années, il avait su convaincre tellement de personnes de me donner leur vie contre du bon temps que pour lui, c'était une formalité.

Cela dit, je me demandais qui était dans la confidence pour l'aider dans cette démarche.

Je posai la lettre sur la table du salon et réfléchis, lorsque l'évidence apparut à moi. Son majordome, muet, était la personne idéale. Il lui était dévoué depuis la mort de ses parents, dix ans plus tôt.

J'étais heureuse et fière que mon ami ait trouvé son chemin dans la nouvelle vie que je lui avais offerte. Cela semblait tellement simple pour lui, comme si sa destinée avait été toute tracée le jour de notre rencontre et qu'elle n'attendait que lui. Maintenant qu'il l'avait rejointe, tout se passait à merveille.

Je décidai d'aller lui rendre une visite de courtoisie. Nous devions trouver une solution pour ses « *déchets* » encombrants.

Je fis sonner le carillon de son immense porte en bois. Son majordome vint m'ouvrir et pour la première fois, il me sourit ! Me remerciait-il d'avoir transformé son maître ? Je le regardai sans cacher ma surprise et répondis à son élan de sympathie.

Je trouvai Anton dans sa bibliothèque en compagnie de deux hommes. Je reconnus Sebastian, mais pas le second.

Mon ami, mon allié se leva et vint me saluer comme à son habitude, en parfait gentleman qu'il était resté. Sebastian fit de même. Je le connaissais depuis quelques années maintenant. Il était l'un de mes rares proches qui connaissaient mon secret. Il n'avait jamais eu peur de moi. Nous étions amis, tout simplement.

Je ne faisais, en général, jamais de mal à mes amis.

Certains devaient être au courant de mes activités. Cela m'aidait à trouver mes victimes dans les soirées comme celles qu'Anton ou Sebastian organisaient. Celles de ce dernier étaient certes moins prestigieuses, mais j'y avais toujours trouvé mon compte.

Anton me présenta le troisième homme, Alonso. Apparemment, ils ne se connaissaient que depuis quelques heures. Il était, comment dire, un petit cadeau de Sebastian. Du moins, c'est ce que j'en déduisis, à raison.

Sebastian était le fournisseur d'Anton ! Mon ami devenu vampire n'avait pas perdu de temps pour trouver des solutions afin de calmer ses envies, quelles qu'elles soient.

Nous prenions tous place autour du guéridon. Anton nous servit de l'absinthe et les conversations allaient bon train.

— Avez-vous résolu votre problème de déchets ? demandai-je sans gêne devant Alonso, sachant pertinemment qu'il ne quitterait pas les lieux en vie.

— Mon majordome a creusé un grand trou dans le fond du jardin, répondit Anton.

— Ne craignez-vous pas les odeurs ?

— Non, celui-ci est très profond. Cela dit je vais devoir réfléchir à d'autres options.

— Sortez et laissez sur place vos encombrants, lançai-je en finissant mon verre.

— C'est une idée, mais j'aime rester ici.

Anton était devenu encore plus casanier que moi. Son snobisme poussé à l'extrême l'avait fait trouver des alternatives à la chasse pour rester à son domicile.

— Mon présent est-il assez confortable pour vous ? continuai-je.

La veille, je lui avais fait livrer un cercueil de premier choix en acajou. Nous devions, pour notre sécurité, dormir dedans parfois. Et pour un repos en toute sérénité, rien ne valait un bon cercueil agrémenté d'une belle soie et muni d'un oreiller bien confortable.

— Une pure merveille, je vous remercie. Vous me gâtez toujours autant, Nocturne.

— Cela ne durera pas, alors profitez-en, finis-je en rigolant.

Il se leva et se rapprocha de moi.

— Voyez-vous un inconvénient à ce que je vous laisse seule ? J'aimerais goûter, dans tous les sens du terme, à mon autre cadeau.

— Je vous en prie, faite à votre aise. Après tout, vous êtes ici chez vous.

— Merci, me chuchota-t-il en posant un autre baiser sur ma joue.

Puis, il se tourna vers Alonso.

— Venez, beau jeune homme, dit-il en lui tendant la main.

Le bel étalon ne se fit pas prier. Ils disparurent en ricanant. Sebastian et moi, nous retrouvâmes seuls.

Je remarquai alors qu'il me dévisageait d'une manière étrange.

— Quelque chose vous dérange-t-il ? m'aventurai-je à demander tant son expression me dérangeait.

— Pas le moins du monde, pourquoi une telle question ?

— Votre regard sur moi est quelque peu…

— Différent ?

— C'est cela oui, vous m'ôtez le mot de la bouche. Que se passe-t-il ?

— Les voir partir ainsi m'a donné des envies.

Alors qu'il se levait, je commençai à comprendre où cet imprudent voulait en venir.

— Je vous rappelle que nous sommes amis, tentai-je.

— Cela est-il un frein à nos envies ?

— Vos envies, très cher !

Cela ne l'empêcha pas de continuer à avancer vers moi.

— Venez par ici, Nocturne, osa-t-il.

— Vous en connaissez le prix, n'est-ce pas ? finis-je par lui demander.

— Ne peut-on pas trouver un compromis ?

— Laissez-moi y réfléchir.

J'avais soif et son envie communicative commençait à chatouiller mon bas ventre. Je le regardai de haut en bas, il n'était certes pas déplaisant au regard. Je lui souris doucement essayant de jauger ses capacités à me satisfaire.

— Ne me faites pas languir, ajouta Sebastian.

Il se rapprocha de moi, connaissait-il vraiment les dangers à me défier ainsi ?

— Quel compromis ? demandai-je alors que ses lèvres étaient si proches des miennes.

— Vous me… commença-t-il alors qu'il posa la main sur ma hanche… laissez profiter de votre splendide et désirable corps — il me caressait — ensuite je vous laisserai goûter à cet autre fluide qui vous tente autant, mais raisonnablement. Je tiens à la vie.

Je posai ma main sur sa nuque et lui maintins la tête en place par les cheveux. Je ressentis son cœur s'affoler un instant.

— Soit, ne me décevez pas sinon vous mourrez bien plus vite que votre désir, finis-je par lui dire.

Il esquissa un sourire et prit ma bouche. Je sentis sa langue fouiller pour attraper la mienne. Nos passions de cet instant n'étaient pas nourries par les mêmes desseins, mais s'il me satisfaisait comme peu l'avaient fait, alors il aurait « *peut-être* » la vie sauve. Il me souleva et me posa sur le bureau d'Anton.

De sa main experte, il souleva mon jupon rapidement. Sa sauvagerie me plaisait… énormément. Ses mains remontèrent le long de mes cuisses.

— Montons, Nocturne, ce ne sont pas les chambres qui manquent ici, me susurra-t-il à l'oreille.

— Non, soyez imaginatif. Relevez le défi !

Il me sourit et d'un coup de main fit glisser tout ce qui se trouvait autour de moi sur le sol. Il me fit pivoter dans le sens de la longueur du meuble et tira sur mes jambes afin qu'elles puissent retomber le long du bureau. Puis, il souleva ma robe et ramena les jupons sur mon ventre. Alors habilement, il mit ses deux mains sur l'arrière de mes genoux et me fit glisser vers lui d'un coup sec.

Il soulagea le bas de mon corps du peu de vêtements qui le couvraient et découvrit l'objet de son désir ardent. Sebastian leva la tête vers moi arborant un large sourire de satisfaction, puis il disparut entre mes cuisses.

Il s'activa sur mon corps du mieux qu'il put, sans que je ne ressente le moindre plaisir. Cet homme me paraissait bien vaniteux quant à ses prouesses sexuelles.

Alors que sa langue essayait tant bien que mal de faire réagir mon clitoris, mon esprit lui, l'imaginait déjà raide mort près de moi. J'espérai que son sang serait meilleur que ses manières.

Au bout des dix minutes que ma patience voulut lui laisser, je m'appuyai sur les coudes pour voir où il en était. Si je n'avais senti son humidité sur ma peau, je me serais demandé s'il avait seulement commencé.

— Sebastian ? m'enquis-je.

— Oui…, répondit-il en relevant la tête vers moi.

L'image était cocasse, son visage était rougi par l'effort. Sa moustache complètement mouillée, mais pas par mon fluide. Ses yeux exorbités révélaient un plaisir non feint ! Au moins quelqu'un était satisfait. Était-ce son égoïsme ou son absence de savoir-faire qui l'avait mis dans cette position délicate ? En était-il même conscient ?

— Nous devrions cesser là…

— Vous n'aimez pas ? demanda-t-il innocemment.

Je me relevai en guise de réponse. J'arrangeai mes jupons lorsqu'il s'approcha de moi.

— Que se passe-t-il, Nocturne ?

— Êtes-vous certain d'aimer les femmes ? demandai-je en le fixant.

— Depuis toujours, oui ! dit-il surpris de ma question.

— Cela doit être moi, dans ce cas. Veuillez m'excuser je vais vous laisser.

— Vous ne pouvez pas !

Sa réplique me subjugua et attisa une colère que j'eus du mal à maitriser. J'avais en horreur les mauvais amants. Que voulait-il de plus ? Me donner sa vie, peut-être ?

Je me rapprochai de lui, extrêmement près.

— N'insistez pas…, lui dis-je en lui montrant mes canines.

Il recula de plusieurs pas. J'en profitai pour ramasser le reste de mes vêtements sur le sol, puis je me tournai vers lui.

— Je ne sais pas ce que les autres femmes vous ont fait croire, Sebastian, mais vous êtes l'homme le moins expérimenté que j'aie connu. Nous n'aurions pas dû nous laisser aller à ce petit jeu stupide.

Il parut perdre son souffle, tellement il était surpris ou choqué de mes propos. Je me rapprochai une dernière fois de lui. Il était blême.

— Que je n'entende aucun ouï-dire sur ce qui ne s'est pas passé entre nous. Je vous le ferai amèrement regretter. Sachez que, si pour le moment, je vous laisse la vie sauve, c'est pour Anton. Vous le saluerez de ma part.

Il ne prononça pas un mot alors que je franchissais la porte de la bibliothèque. C'était la première fois que m'arrivait pareille mésaventure. Les hommes n'étaient-ils pas faits pour satisfaire l'objet de leurs désirs ? Je lui avais laissé le choix, il n'avait pas su en profiter et moi… je m'étais ennuyée, à en mourir si je l'avais pu.

Arrivée devant le majordome qui m'ouvrit la porte, je me ravisai. Le protecteur des secrets c'était lui, pas Sebastian ! Je fis demi-tour et rentrai de nouveau dans la salle.

Sebastian se retourna, alors qu'il se servait une liqueur, étonné de mon retour.

— Auriez-vous changé d'avis ?

— Pas vraiment, non.

Je me jetai sur lui, ne lui donnant pas l'occasion de se questionner plus longtemps. Je le vidai de son sang au goût de rance et le laissai là sans vie. Voilà ce qu'il en coûtait de ne pas me satisfaire et de jouer les fanfarons.

J'avais failli être indulgente.

En passant devant le majordome, je lui lançai :

— J'ai laissé quelque chose à mettre au fond du jardin dans la bibliothèque, si cela ne vous dérange pas de vous en charger.

En guise de réponse, il me fit un sourire. Nous nous comprenions.

Je pris le chemin du retour, soulagée de ce revirement de situation. Rendue chez moi, je me jetai dans un autre bain bouillant afin d'effacer son empreinte olfactive de mon corps.

Promenade nocturne

La neige fondante recouvrait les trottoirs de Bruxelles. Elle salissait le bas des robes des belles dames et les lacets de leurs jolies bottines. Les fiacres éclaboussaient tout, même les monuments.

Ma Bruxelles après avoir été immaculée commençait à se recouvrir d'un manteau gris de crasse.

Je marchai paisiblement vers le café littéraire dans l'espoir non dévoilé d'y voir Gregor. Je n'avais reçu aucune nouvelle de sa part depuis son invitation dans ce même lieu. Cela me paraissait étrange, car nous nous étions quittés en très bon terme. Peut-être pensait-il aussi que nous allions trop vite, ou peut-être que je m'étais trompée dans les signes qu'il m'avait envoyés. Mon esprit penchait plus vers la première hypothèse, ma longue expérience de la vie me permettait de rarement faire des erreurs de jugement sur les gens.

Le mauvais temps des derniers jours vidait Bruxelles de ses habituels fêtards. J'arrivai lentement devant le café littéraire, à moitié plein.

Je pénétrai dans l'antre des artistes et parcourus du regard l'assemblée. Gregor n'était pas là, mais je ne perdais pas espoir qu'il puisse arriver plus tard.

Je m'assis au même endroit que la première fois que j'étais venue ici, au bout du piano et commandai un thé au jasmin. J'avais pris avec moi un calepin pour noter mes pensées. Je n'avais pas le don de poésie contrairement aux gens qui m'entouraient, mais écrire me faisait du bien et m'aidait à réfléchir.

Tout devenait plus réel lorsque je relisais, plus tard, ces mots que j'avais alignés.

Le temps passait et les allocutions s'enchainaient sans que je n'entende le moindre son, distinctement. Mon esprit vagabond était bien loin de tous ces vers.

Je ne relevais les yeux de mon carnet que lorsque les portes s'ouvraient pour laisser rentrer un visiteur accompagné d'une bourrasque de vent glacé.

Je commandai mon second thé et sentis le vent s'engouffrer sous mes jupons. Un groupe de gens me cachait l'entrée. Je me replongeai dans mes écrits qui se voulaient très philosophiques. Peut-être m'étais-je trompée de café. Je savais que dans cette ville bon nombre d'endroits organisaient des réunions de discussions poussées sur la vie, le modernisme ou la guerre. J'aurais pu m'y rendre, mais ma seule envie était de revoir Gregor.

— Vous êtes là…

Je redressai lentement la tête vers le son de cette voix que j'attendais. Mon cœur fit un bon dans ma poitrine — en tout cas il aurait pu s'il battait encore — quand je vis le doux visage de Gregor.

Je me levai en souriant et lui tendis la main. Il s'attarda sur ma peau, le contact de ses lèvres déclencha en moi un intense désir, que j'essayai de dissimuler.

— Où étiez-vous passé, Gregor ? demandai-je alors qu'il prenait place près de moi.

— Doyles m'a envoyé à Milan récupérer des partitions.

— Est-ce dans vos attributions de faire un tel voyage ?

— Pas du tout...

— Se serait-il vengé suite à notre altercation chez Anton ?

— Probablement, je l'avoue, mais oublions cela, finit-il par dire en me prenant la main, je suis là maintenant.

— Vous avez raison cet homme ne vaut pas un mot de plus, ajoutai-je en lui souriant.

Il avait l'air fatigué, mais heureux d'être là.

— Je dois vous avouer une chose, Nocturne.

— Faites, mon ami, faites.

— Ce n'est pas aussi facile que cela...

— Que se passe-t-il ?

— Ces derniers jours, je n'ai fait que penser à vous d'une manière peu convenable, lança-t-il en serrant ma main plus fortement.

Je restai silencieuse.

— Je vous choque, mais qu'importe, je ne peux plus me taire... Je vous...

Je posai mes doigts libres sur sa bouche.

— Taisez-vous, je vous prie.

Il plissa les yeux d'incompréhension.

— Me serais-je fourvoyé ?

— Ne soyez pas idiot. Quoi que je fasse, mes pensées reviennent vers vous. Vous m'avez envoûtée, Gregor.

— C'est une bonne chose, n'est-ce pas ?

— Oui, mais ne nous empressons pas.

— Nous ne le faisons pas, croyez-moi, nous exprimons juste nos ressentis en toute liberté. Cet endroit s'y prête à merveille, ajouta-t-il, le regard scintillant.

Je regardai autour nous, personne ne portait attention à ce couple, se tenant la main près du piano.

— Vous avez raison, Gregor, tellement raison.

Il couvrit mes doigts de tendres baisers, son souffle n'en épargnait pas le moindre centimètre. Une onde de frissons parcourut mon corps déjà chaud. Je le regardai faire, je fixai ses lèvres et j'imaginai ce que pourrait être notre acte d'amour. Il dégageait de cet homme une intense sensualité, un peu sauvage.

Le serveur interrompit son geste en venant poser un verre d'alcool devant Gregor. Je restai surprise de ce geste.

— Je voulais me donner du courage pour tout vous avouer, mais l'alcool est arrivé après l'aveu, confessa-t-il en souriant.

— Buvez, vous n'avez plus besoin de courage, mais certainement besoin de vous réchauffer. Votre main est glacée.

— La vôtre aussi, dit-il en portant son verre à la bouche.

Nous chuchotions presque, instaurant une sorte d'intimité entre nous malgré le monde qui nous entourait.

— Alors Milan est-elle toujours aussi belle ? demandai-je pour détendre l'atmosphère et surtout apaiser mes envies.

— Je n'ai jamais aimé cette ville et ce pays. Je les trouve sales, répondit-il un peu gêné en finissant son verre.

— Oh, je suis désolée que vous ayez ce point de vue. Vous avez dû passer un affreux moment.

— Ne le soyez pas, vous n'y êtes pour rien. Je ne me sens bien qu'ici, à Bruxelles, même lorsqu'il neige.

— Tout comme moi.

— Qu'avez-vous fait pendant mon absence ? Êtes-vous venue ici ?

— Non, je suis restée chez moi à m'occuper des affaires courantes en écoutant les galettes que vous m'avez laissées.

— Alors ?

— Mon oreille et mon cœur étaient ravis. Puis, vous savez, il neige et ce temps n'appelle pas vraiment à la promenade.

— Pourtant, vous êtes là ce soir !

— Me taquineriez-vous, Gregor ?

— Pas le moins du monde… J'aimerais juste vous entendre me dire les choses que vous me cachez, finit-il dans un sourire.

Je rapprochai mon visage du sien et plongeai mes yeux dans le noir des siens. J'osai poser ma main sur sa joue. Il ferma les yeux au contact de ma peau et pencha la tête pour accentuer le contact, ma paume formant un écrin.

— J'ai pensé à vous, Gregor, tellement pensé à vous. Je me suis inquiétée de ne pas avoir de nouvelles, me posant toutes les questions du monde. Me disant que je m'étais trompée et que je me faisais des idées…

— Mon Dieu, que de tracas, Nocturne, dit-il l'air vraiment désolé.

— Mais, maintenant vous êtes là et vous ne pouvez imaginer à quel point cela me rend heureuse, finis-je.

Je caressai de mon pouce sa joue si douce. Il posa sa main sur la mienne et s'approcha de moi. Je ne reculai pas, l'invitant ainsi à continuer son geste. Il vint si près de moi que je sentis son souffle sur mes lèvres. Nos yeux se perdirent dans l'âme de l'autre. J'avais envie qu'il m'embrasse. Je voulais goûter sa bouche.

Alors, comme s'il m'avait entendue, timidement, il colla ses lèvres aux miennes. Son baiser léger et pourtant d'une intensité sans pareil éveilla en moi les sens les plus primaires. Il s'écarta de quelques millimètres. Nos haleines se mélangeaient. N'y tenant plus, je lui offris ma bouche qu'il prit sans aucune retenue.

Notre étreinte dura de longues minutes. Nous ne voulions pas séparer nos lèvres, mais Gregor devait respirer et nous devions nous calmer. Nous nous séparâmes, encore sous le choc de ce baiser passionné.

— Venez avec moi, Nocturne, me chuchota-t-il.

— Où ?

— Chez moi…

Je perdis mes yeux dans les siens, me demandant si c'était bien raisonnable.

— Soit…

Je ne voulais plus lutter. J'avais une envie folle de lui. À l'instant présent, j'étais la plus humaine des vampires.

Nous sortîmes du café main dans la main, puis nous marchâmes sous la neige qui avait recommencé à tomber. Nous ne dîmes pas un mot, nos mains parlaient pour nous. À intervalles réguliers, nous les serrions, montrant ainsi notre amour et notre impatience.

Gregor habitait un quartier un peu plus modeste que le mien. Son petit deux-pièces était fonctionnel. Il se trouvait au second étage d'une petite maison très bien entretenue qui avait été séparée en appartements individuels. Il y en avait quatre au total.

Après qu'il eut ouvert la porte, une retenue naturelle s'instaura entre nous. Au café, nos instincts s'étaient envolés, mais maintenant une petite crainte de se retrouver seuls et d'aller jusqu'au bout des choses nous enveloppait.

— Désirez-vous boire quelque chose ?

— Oui, s'il vous plaît.

Il nous servit deux cognacs et s'installa au piano qui prenait quasiment la totalité de la surface du petit salon. Je m'en approchai et m'y accoudai. Je le regardai jouer.

Il aimait la musique. Il la ressentait, je pouvais le percevoir une nouvelle fois dans sa manière d'effleurer les touches noires et blanches. Il n'y avait pas de partition face à lui. Lorsque les touches étaient plus longues et prononcées, il me fixait de son regard d'ébène. Jusqu'à quand allait durer son jeu de séduction ? J'étais toute à lui, ne l'avait-il pas ressenti ?

Je pris l'initiative de prendre place près de lui sur le tout petit tabouret qu'il occupait. Il tourna son visage vers moi et me sourit. Puis, les notes furent moins précises lorsqu'il posa un baiser sur mes lèvres. Je pris sa main et la posai sur mes cuisses.

Le piano n'avait plus d'importance. Les sons venaient d'ailleurs, la mélodie différente, mais tout aussi intense.

Gentiment, nous nous levâmes et rejoignîmes sa chambre à coucher. Je devais rester humaine : pour lui, pour moi. Pour vivre une expérience normale. J'espérais seulement pouvoir le faire.

Il m'allongea doucement sur le lit. Notre fougue s'était changée en un moment de tendresse et de romantisme. Nous savourions chaque seconde, chaque caresse, chaque regard.

Lentement, je me retrouvai nue. Il m'admirait en se déshabillant à son tour. Il n'était pas aussi frêle qu'il n'y paraissait. Sa musculature toute en finesse faisait de son corps une perfection à mes yeux.

Quant à sa timidité, je pense qu'elle n'a jamais existé que dans mon esprit.

Il me rejoignit sur le lit, au-dessus de moi, et commença à embrasser mon cou. Son souffle sur ma peau me réchauffait. Il remonta jusqu'à mon visage et me fixa.

— J'ai tellement rêvé de cet instant.

Je posai ma main sur sa joue et lui souris.

— Faisons de cet instant un moment de magie, ajoutai-je.

À l'agonie de mes mots, il captura ma bouche. Mes sens humains exacerbés chatouillaient mes instincts vampiriques. Alors que ses lèvres atteignaient mes seins, je sentis mes tétons grossir sous sa langue et mes dents pousser sur mes gencives. Je luttai en me complaisant dans le bien-être de ses douceurs. Je ne voulais pas lui faire de mal, bien au contraire.

Avec volupté, sa main descendit vers mon triangle sacré, mes reins se cambrèrent à l'approche de ses doigts. Il me caressait, explorait la douceur de ma peau, me faisait frissonner. Il posa sa main juste en dessous de mon nombril et pressa mon ventre alors que sa langue dévalait mon corps pour finir par s'engouffrer dans le signe de ma naissance. Je gémis, surprise par tant d'habilité. Mes mains se crispèrent sur son dos. Je sentis qu'il aimait ce contact un peu plus rude. Un râle sortit de sa gorge. Il releva les yeux vers moi. Ils étaient injectés de désir.

L'humidité de sa langue était descendue encore un peu plus alors que sa main effleurait mes grandes lèvres. J'ouvris mes jambes pour lui offrir le fruit de ses fantasmes. Il souleva la tête et mangea du regard mon jardin. Alors sa main glissa et ses doigts vinrent se noyer dans l'intimité de mes lèvres entrouvertes. De ses yeux et doigts de pianiste, il explorait mon anatomie sans y pénétrer. J'écartai encore un peu plus mes jambes. Je voulais qu'il m'admire, qu'il ne rate rien de ce que je lui donnais.

Au contact de sa langue, ma tête se projeta en arrière. Je ne pouvais plus contenir mes canines. Ma bouche me brûlait. Je l'ouvris en grand et laissai s'échapper ma vraie nature un court instant, juste assez longtemps pour ne pas risquer de le blesser.

Je n'en pouvais plus, je le voulais en moi. Je voulais sentir sa force, sa rigidité au plus profond de mon corps. Plus rapidement que je ne l'aurais voulu, je me redressai et le poussai gentiment sur le côté. Il me sourit, comprenant mon empressement, et s'allongea. Son sexe érigé devant moi était un véritable appel à la débauche. En était-il conscient ? Je voulus le chevaucher comme j'aimais tant le faire, mais il fut plus rapide que moi et se redressa. Nous étions face à face à genoux sur le lit.

Doucement, il posa ses mains sur mon visage et me lécha les lèvres. Avec la même délicatesse, il me retourna, plaça une main sur mon ventre et l'autre sur mon dos, m'intimant de poser les miennes sur le lit. Je me retrouvai à quatre pattes, lui donnant la plus belle des vues. Il embrassa mon dos et descendit le long de ma colonne vertébrale. Pour la première fois de ma vie de vampire, je me laissai complètement faire, j'étais à sa merci. Et Dieu savait à quel point ses initiatives m'excitaient.

Nos corps ruisselaient de sueur et d'envie. La pièce s'embaumait de cette odeur bestiale qui enveloppait les amants.

Il posa ses deux mains de chaque côté de ma croupe et écarta les doigts sur mes fesses qu'il entrouvrit. Je laissai échapper un gémissement d'excitation intense et relevai le bassin, cambrant de nouveau mes reins. Il frotta son sexe en feu contre moi, l'humidifiant de mon fluide abondant. J'ouvris les jambes plus largement alors qu'il continuait ses caresses sur toutes mes parties intimes. Il jouait avec son membre rigide pour enflammer encore mes sens. Je lui donnai gentiment un coup de reins. Il râla encore une fois, et le son rauque qui sortit de sa bouche n'était presque pas humain. Je fixai le mur face à moi et laissai échapper un cri. Ce fut le coup d'envoi de son intrusion, rapide et violente. Il me pénétra d'un coup sec sans autre sommation et alla jusqu'au plus profond de mon être. Il resta ainsi quelques secondes.

J'entendais sa respiration rapide.

Puis, il posa ses deux mains sur mes hanches et commença ses va-et-vient, tantôt rapides, tantôt lents. À chaque coup de hanche, son corps tapait contre le mien. Il me rendait folle ! J'accompagnais ses mouvements, nous étions comme des bêtes et j'étais heureuse qu'il ne voie pas mon visage de vampire à cet instant précis.

Petit à petit, ses râles devinrent des cris. Je pris part à son tapage et soudainement, je sentis sa semence envahir mon corps alors que mes propres sensations atteignaient l'extase. Nous jouîmes de nous, simultanément. Je me sentais libérée et heureuse.

Un grand silence suivit ce moment de communion. Nous restions immobiles malgré la position inconfortable dans laquelle nous étions. Alors au bout de quelques minutes, je le poussai un peu sur le côté et nous glissâmes, toujours joints, doucement sur le lit.

Il était derrière moi, m'enlaçant comme s'il ne devait plus jamais me revoir. Son sexe toujours rigide me lançait des petites pulsions très agréables. Le plus naturellement du monde, il se remit à bouger en moi, avec douceur cette fois. Nous n'étions pas encore assouvis, heureusement.

Ses mains trouvèrent mes seins. J'en pris une et léchai chacun de ses doigts imprégnés de ma senteur. Je finis par sucer son index comme j'aurais pu sucer sa verge. Cela l'excita encore un peu plus.

— Oh, Nocturne…

Il n'était pas choqué par mon geste, la douceur avec laquelle je le caressais le remplissait d'émotion. Là était la raison de son émoi.

Je souriais en luttant pour ne pas transformer mon visage si doux de l'instant par celui du monstre sanguinaire que je pouvais être.

Une nouvelle fois, il laissa son empreinte à l'intérieur de moi, chaude et abondante. Nous étions faits l'un pour l'autre. Je le ressentais tellement fort. Je chassai ce sentiment qui allait se transformer en inquiétude dans mon esprit, ne voulant pas gâcher cet instant.

Il appuya sa tête contre mon dos et m'enlaça tendrement avant de s'endormir. Je restai ainsi contre lui jusqu'à ce que ma raison me dise de partir avant le lever du jour. Délicatement, je me faufilai en dehors du lit et me rhabillai. Puis, je le regardai dormir quelques secondes. Il était si beau.

Mes yeux sur lui le réveillèrent.

— Pourquoi partez-vous ? demanda-t-il en se relevant sur les coudes.

— Il le faut. Le jour va se lever et j'ai à faire.

— Cela ne peut-il pas attendre ?

— Je crains que non, Gregor.

Il glissa sur les draps et me tendit la main. Je vins m'asseoir sur le rebord du lit et passai mes doigts dans sa chevelure ébouriffée.

— Quand vous reverrai-je, Nocturne ?

— Bientôt, je vous le promets.

— Notre nuit vous a-t-elle plu ?

— Ce fut divin, répondis-je en lui souriant.

Il s'assit correctement et me fixa.

— Oui ? demandai-je, alors amusée par l'expression de ses yeux.

— Je vous aime. Je vous ai aimée au premier regard, lança-t-il d'une façon qui me prit totalement au dépourvu.

Pour toutes réponses, je me penchai vers lui et l'embrassai. Sa main se perdit dans ma chevelure. Je ne voulais plus partir…

— Je vous aime, Gregor, depuis ce même instant, finis-je par répondre en me levant.

Ensuite, les larmes aux yeux, je partis au plus vite. Je l'entendis crier un *« à bientôt »* alors que je dévalais les marches. Il ne me restait que peu de temps pour retrouver ma sécurité.

Mon obsession

Cela faisait deux jours que je restais cloîtrée chez moi. Je me questionnais sur cette relation et cela me faisait peur. À la tombée de la nuit, mon envie de me nourrir était forte, mais cet amour qui continuait de grandir en moi, plus que de raison, m'empêchait de sortir chasser.

Gregor remplissait toutes mes pensées et tous mes instants. J'en oubliais tout le reste, Anton y compris.

Cela faisait quatre cents ans que mon cœur n'avait pas chaviré de la sorte. Quatre siècles, que mes instincts humains avaient été mis de côté pour aborder cette autre vie faite de débauches et de libertés.

J'adorais mon existence et jamais je n'avais ressenti un manque quelconque d'amour. Mon corps assouvissait les fantasmes que mon esprit réclamait en toute légèreté, ce qui satisfaisait mon cœur.

Mais aujourd'hui, il y avait ce même cœur qui s'accrochait à cet humain. Mes sens étaient en alerte. Un danger rôdait, bien plus grand que celui dont Dracula m'avait parlé. Je n'étais pas la proie d'un chasseur de vampires, mais de l'amour dans le sens le plus humain qu'il soit possible de le décrire.

Par moment, je m'en voulais terriblement d'avoir succombé à Gregor. Nous n'avions pourtant fait l'amour qu'une nuit — mais quelle nuit ! — et nos mots échangés au petit matin avaient été bien aussi forts que n'importe quel acte charnel.

J'étais décontenancée devant mes propres sentiments. Je me sentais faible de les ressentir et je savais que cela pouvait m'anéantir.

Je n'arrivais pas à me relever, à aller de l'avant, à le chasser de mon esprit. Depuis le premier jour, il s'était sournoisement immiscé en moi, j'avais laissé faire. Trop heureuse de cette sensation de chaleur envahissant mon corps. Maintenant, le résultat ressortait au grand jour, et je me sentais pitoyable.

Sur la cheminée, j'avais posé le carton et la rose. Rose qui se fanait en même temps que moi.

Que pouvais-je espérer ?

On frappa à ma porte. Je me levai et m'approchai du miroir pour arranger mes cheveux. Mes yeux étaient creusés et mon teint blafard. J'avais besoin de sang. Je n'étais que l'ombre de moi-même.

— Oui ?

— Mademoiselle ?

Je me retournai vers la porte, le son de ma voix était faible. Je devais lui donner plus de portée.

— Oui, Léonie, je vous écoute.

— Dieu soit loué. Puis-je entrer ?

Sa demande me gêna, je ne voulais pas qu'elle me voie dans cet état. Certes, je pouvais tenir très longtemps sans me nourrir sans que cela ait un impact sur mon physique, mais il y avait ce sentiment qui me rongeait de l'intérieur et malheureusement, cela se voyait.

— Bien entendu, finis-je par dire.

Léonie fit coulisser le côté droit de la double porte et entra dans mon boudoir, dans mon jardin secret qui l'était encore plus aujourd'hui qu'hier.

Elle me fixa de ses yeux trahissant l'anxiété et la pitié. Je ne sais pas pourquoi ce second sentiment apparaissait. Avais-je l'air si mal en point au bout de seulement deux jours ?

— Avez-vous besoin de quelque chose ? demanda-t-elle d'une voix douce.

— Non…

— En êtes-vous certaine ? insista-t-elle.

Je ne pouvais pas lui dire que ce dont j'avais besoin dépassait largement la nécessité de me nourrir. Elle n'aurait pas compris.

— Laissez-moi vous aider, Mademoiselle.

— Comment ? Le mal qui me ronge n'a pas de remède…, admis-je.

— Nourrissez-vous, vous n'êtes pas sortie depuis deux jours. Vous en avez besoin. Cela vous aidera à y voir plus clair dans vos pensées. Plus vous allez rester ainsi, plus vous serez confuse.

Elle n'avait pas tort, mais je n'avais aucune envie de sortir et de chasser. Il me restait les forces nécessaires pour attaquer quelques humains et les vider de leur sang, mais je n'en avais, tout bonnement, pas envie.

— Et si…, commença-t-elle.

— Si quoi ?

— Je vous amenais votre repas.

— Mon Dieu, ne soyez pas la complice de mes méfaits. Il en a toujours été ainsi…

— Oui, je le sais, mais jamais vous n'avez été à ce point choquée ou anéantie par… je ne sais quoi. Que vous arrive-t-il ?

Je fixai ma gouvernante, ma confidente. Depuis, vingt ans je m'étais toujours confiée à elle et pourtant maintenant, je ne pouvais pas, car les choses à dire étaient bien trop terribles. Je ne voulais pas avouer, à quiconque excepté lui, mes sentiments pour Gregor.

Si Dracula apprenait une telle chose, il le tuerait sur-le-champ. L'amour ne faisait pas partie de nos existences, pas plus que la clémence ou la pitié.

J'étais désarçonnée par ce qui m'arrivait. J'en étais la seule responsable, d'avoir laissé cette déficience prendre possession de mon être.

— Sortez, j'ai besoin de me reposer, annonçai-je en me tournant vers la cheminée.

Elle ne dit pas un mot de plus et referma la porte. Quelques instants plus tard, je l'entendis quitter la maison par la porte de devant.

Je regardai la pendule : il était vingt heures. La nuit avait poussé le jour et pourtant j'étais toujours là.

Je me servis une liqueur de framboise et m'allongeai sur ma méridienne. Je fermai les yeux et rêvassai en pensant à l'être avec qui j'aurais voulu danser.

Surprise

Je vivais l'un de ces moments rares et difficiles pour un vampire. Je n'en connaissais aucun, à part Dracula, qui s'était laissé emporter ainsi par ses sentiments envers un humain. Enfin aucun qui ait vécu assez longtemps pour raconter son histoire.

Même si nos cœurs ne battaient plus, au fond de nous subsistait une étincelle d'humanité. Nous la gardions enfouie pour ne pas souffrir ou mettre en danger les gens que nous aimions.

Hélas parfois, cette étincelle enflammait nos circuits veineux, en laissant ressurgir le sentiment le plus fort qu'un être puisse ressentir : l'amour.

Je souffrais en pleine conscience de cet amour incommensurable pour Gregor. Comment en étais-je arrivée là ? Moi, la vampire forte, intraitable, implacable, sans une once de pitié pour les faibles.

Ce soir revenait sans cesse dans ma tête un nouveau questionnement : où était partie ma servante ? Qu'allait-elle faire ?

En vingt ans, une seule fois j'avais dû la secourir. Elle s'était amourachée d'un soi-disant gentilhomme qui finalement ne voulait faire d'elle qu'une femme de petite vertu. N'arrivant pas à se dépêtrer de cette situation malheureuse et hautement dangereuse, elle m'avait demandé de l'aide. J'avais éliminé ce malotru qui avait été remplacé dans la seconde. Le problème de fond n'était pas réglé, mais Léonie quant à elle était saine et sauve.

Alors revint l'image de ce soir-là où je la vis au café littéraire : elle était capable de se débrouiller seule. Soudainement en y pensant, comme une évidence, je me demandai si elle m'avait vue en compagnie de Gregor comme moi je l'avais remarquée avec cet homme ?

Ce fut le déclencheur. Je me levai et décidai que je devais aller voir ce qu'elle faisait. Je ne voulais pas qu'elle me ramène une victime dans ma maison. Ce n'était jamais arrivé et ce n'était pas ce soir que cela commencerait.

Trente minutes plus tard, je fermai la porte et me retrouvai dans la rue. La lune était pleine. J'aimais ce genre de nuit où la clarté me faisait penser au jour. Il pleuvait. Cette pluie rafraichissante caressa mon visage et m'éclaircit les idées.

Le son de mes propres pas sur les pavés me redonnait du baume au cœur. Léonie avait raison, de sortir me faisait du bien, même si je ne connaissais pas l'issue de cette soirée.

J'avais déjà parcouru le petit bout de ruelle me séparant de l'avenue Louise. Je m'arrêtai un instant, ne sachant pas quelle direction prendre.

Alors, une bourrasque de vent m'enveloppa d'une douce odeur. Je fermai les yeux, la laissant m'imprégner quelques instants. Puis brusquement, je tournai la tête et le vis s'approcher de moi à grands pas. J'étais pétrifiée. Je n'avais pas prévu de le voir, en tous cas pas avant de m'être nourrie. Ma stupidité le mettait en danger.

— J'avais si peur que vous ne soyez partie, annonça Gregor essoufflé en prenant mes mains.

— Où aurais-je dû partir ? le questionnai-je tandis que nos yeux se trouvaient.

— Peu importe l'endroit, cela aurait été loin de moi, finit-il en me souriant.

Comment avais-je pu croire un seul instant que m'isoler me le ferait oublier ? Mon esprit réfléchissait à toutes les alternatives qui se présentaient à moi, alors que nous nous fixions toujours. Soudainement l'évidence vint : pourquoi devais-je me tourmenter au lieu de vivre cet amour pleinement ?

POURQUOI ?! Parce que j'étais une vampire et que chaque instant passé auprès de Gregor représentait pour lui un danger mortel ! Voilà, pourquoi…

À ce moment-là, je sentis ses lèvres sur les miennes et immédiatement sa douceur m'apaisa. Peut-être que là était la solution : me laisser emporter par notre amour et le tuer lorsque mes instincts et ma soif seraient plus forts que notre attachement. Je reléguai au plus profond de moi mes pensées idiotes pour me délecter de sa présence.

Je posai mes mains sur son cou et répondis à son baiser avec la passion qu'il méritait.

Lorsque nous nous écartâmes légèrement l'un de l'autre, il mit sa main sur ma joue.

— Vous m'avez tant manqué. C'est une torture de ne pas vous voir, me confia-t-il avec tendresse.

— Cela en fut une pour moi également, Gregor.

Sur ces mots, nous nous mîmes à marcher sur cette belle avenue et nous réfugiâmes dans le premier café devant lequel nous passions.

L'endroit était presque vide. Une nouvelle fois, le mauvais temps n'encourageait pas les Bruxellois à sortir. Seuls les plus courageux ou désespérés comme nous s'aventuraient hors de leurs cocons confortables.

Tels des amants qui se cachaient du monde, nous prîmes place à une table au fond de la salle. Une simple bougie nous éclairait alors que des lampes à gaz dans le reste du café apportaient une touche un peu surréaliste à cet endroit.

— Bonsoir, commença le cafetier alors qu'il passait un coup de torchon devant nous, qu'est-ce que je vous sers ?

— Deux chocolats chauds, je vous prie, dit Gregor sans même me demander si ce choix me convenait.

Nous restâmes silencieux en attendant nos boissons. Seuls nos yeux parlaient lorsque nos regards se croisaient. L'homme ne se fit pas attendre, il posa nos boissons chaudes accompagnées de biscuits et il repartit dans l'attente d'un autre improbable client en cette soirée à l'ambiance bien triste, arrosée de pluie.

Gregor prit la tasse entre ses mains pour les réchauffer et souffla sur le liquide fumant. Je retirai mes gants pour l'imiter. Non pas que j'avais froid, mais le paraître s'avérerait être un détail important dans notre relation.

— Pourquoi n'êtes-vous pas revenue chez moi, Nocturne ? Vous m'aviez promis…, commença-t-il alors que de la fumée sortait de sa bouche.

— Les affaires m'ont fort occupée. Veuillez excuser mon silence. Pour ma défense, il ne s'est passé que deux jours.

D'un vrai calvaire pour moi, mais je me gardai bien de lui avouer.

— Qui m'ont paru une éternité, répondit-il du tac au tac.

— Que savez-vous de l'éternité ? demandai-je en regrettant aussitôt mes mots.

Il posa sa tasse vide, l'air surpris d'une telle question.

— Fichtrement rien, mais deux jours furent déjà trop longs. Je vous retourne maintenant la question, dit-il amusé.

Je ne m'attendais pas à une telle réponse. Je trouvai une réplique tout à fait humaine à lui servir.

— Je vous taquinais, Gregor. Je n'en sais guère plus que vous. Cela doit être épouvantable à vivre, mentis-je à la perfection.

Un groupe de jeunes gens pénétra dans le café, qui couvrit nos éclats de rire. Ils étaient trempés et visiblement heureux d'avoir trouvé un refuge. Ils s'installèrent près des fenêtres. Le cafetier se frottait les mains en se dirigeant vers ceux qui allaient peut-être sauver sa soirée.

— Parlez-moi de ces affaires qui vous font jusqu'à oublier mon existence, demanda-t-il le plus sérieusement du monde.

— Je n'ai cessé de penser à vous, me défendis-je.

Heureux de ma réponse, il sourit simplement. Signe d'affection que je lui renvoyai immédiatement. Il prit ma main et y déposa un baiser. Ce simple mouvement me fit un effet percutant que je décidai de cacher en lui parlant.

— Je suis chasseuse d'œuvres d'art pour un riche négociant qui vit à Londres.

Je ne mentais pas sur ce point. Dracula était friand d'art. Je lui dénichais régulièrement des petites merveilles contemporaines qui dans les siècles à venir vaudraient, pour la plupart, une véritable fortune.

– Cela explique aussi votre curiosité pour la musique.

– C'est bien plus qu'une curiosité, c'est une passion pour moi, autant qu'elle l'est pour vous.

– Aimeriez-vous que je vous apprenne le piano ? demanda-t-il, une étincelle dans les yeux.

– Avec grand plaisir, même si je suis un bien piètre élève.

– Laissez-moi en être seul juge.

À la fermeture du café, Gregor me raccompagna jusqu'à la porte de ma demeure. Nous nous embrassâmes sous le porche une dernière fois et décidâmes de nous rejoindre chez lui le soir suivant. Ce n'était pas raisonnable, mais l'amour l'était-il ?

Je refermai la porte et m'y adossai un instant en fermant les yeux. Lorsque je les rouvris, Léonie et un homme se tenaient face à moi, effaçant aussitôt mon sourire.

J'avais oublié Léonie !

– Bonsoir, m'aventurai-je.

L'homme fit un pas vers moi, de la main je lui intimai de s'arrêter.

– Qui êtes-vous ?

– Mademoiselle, je vous présente Monsieur Armand, intervint Léonie.

Mes vêtements étaient trempés et je n'avais qu'une envie : me retrouver dans mon boudoir pour revivre ma soirée avec Gregor. Cela dit, j'avais aussi soif de sang. Depuis deux jours, je m'étais abstenue et maintenant, cet homme face à moi, qui respirait la santé, me tentait au plus haut point.

— Laissez-moi quelques instants, je vous prie, dis-je de la manière la plus courtoise qu'il soit, Léonie, emmenez notre invité dans le grand salon et préparez-nous du thé.

— Bien, Mademoiselle, répondit-elle en souriant.

Alors qu'elle l'accompagnait, j'allai dans mon boudoir pour me changer. J'optai pour une tenue d'intérieure décontractée, mais très séductrice de couleur jaune pâle. Je relevai mes cheveux dans un beau chignon rehaussé d'un joli nœud sobre.

Pieds nus, je sortis de mon refuge pour rejoindre discrètement Léonie qui s'affairait à préparer un plateau de courtoisie, malgré l'heure tardive.

— Que mijotez-vous avec cet homme ?

— Je ne savais pas que vous étiez sortie. Vous êtes-vous nourrie ? demanda-t-elle.

— Non...

Elle releva la tête vers moi, un air d'incompréhension sur le visage.

— Où diable êtes-vous allée si ce n'était pas pour cela ?

— Je vous trouve bien trop curieuse, Léonie.

— Veuillez m'excuser. Cet homme est là pour subvenir à vos besoins, ajouta-t-elle en finissant de dresser le plateau.

— Que lui avez-vous dit pour le convaincre ?

— Rien, en partant d'ici, je me suis rendue chez Monsieur Anton. Je lui ai dit que vous étiez souffrante et n'aviez pas la force de sortir.

— Je vous remercie de votre bienveillance.

Elle quitta des yeux un instant le plateau et me sourit.

— Il vous le prête selon ses propres mots, ajouta-t-elle.

— Vous me surprenez...

— Et selon ses derniers mots : abstenez-vous de le tuer, car il y tient beaucoup.

— Donc, il sait pourquoi il est ici ?

— Parfaitement, Mademoiselle, finit-elle en quittant la pièce.

Je la suivis jusque dans le salon, où Monsieur Armand nous attendait poliment. Il s'était installé sur une chaise face à la cheminée.

Il était coquet. Sa façon de s'habiller reflétait une certaine aisance financière et un goût évident pour les belles choses. Je reconnaissais bien là mon ami Anton.

Monsieur Armand avait les cheveux ondulés, noirs. Une mèche rebelle retombait avec raffinement sur son front. Je le soupçonnais de se coiffer délibérément ainsi par souci d'élégance. Cette coiffure lui donnait un charme un peu sauvage, évident et naturel.

En nous voyant pénétrer dans la pièce, il se leva légèrement et se rassit presque aussitôt. Signe d'une bonne éducation.

Léonie posa le plateau sur la table et nous abandonna. Sa part de travail était terminée. Elle s'en était sortie avec les honneurs. Il ne me viendrait plus à l'idée de penser qu'elle puisse avoir besoin de moi. Ce soir, elle avait démontré ses capacités à s'occuper de sa maîtresse, bien mieux ce que je ne l'aurais pensé. Je l'avais sous-estimée.

Je servis le thé et tendis la tasse à Monsieur Armand. Je décidai d'engager la conversation. Une question taraudait mon esprit qu'il fallait que j'élude au plus vite. En contrepartie de quoi cet homme allait-il me donner son sang ? Je ne savais pas ce qu'Anton avait pu lui dire.

— Depuis combien de temps connaissez-vous mon ami ? entamai-je en lui proposant un morceau de sucre de canne prisonnier dans une pince en argent.

— Volontiers, répondit-il en me tendant sa tasse.

Sa voix était bien plus masculine que ses traits.

Je mélangeai mon thé en attendant sa réponse. Il but une gorgée et délicatement s'essuya les lèvres avec le bout de ses doigts. Il était très sensuel, mais assurément cet homme-là n'aimait que ceux de son propre sexe.

Au moins, j'étais fixée sur un point.

— Nos parents étaient amis, tout naturellement nous le sommes devenus. La première fois que nous nous sommes rencontrés, nous devions avoir environ douze ans.

— Quelle tragédie que la mort prématurée de ses parents, lançai-je.

— Oui en effet, mais il a hérité d'une belle fortune en compensation.

— Vous êtes très… terre à terre, ajoutai-je.

— Je n'ai pas la réputation de garder ce que j'ai à dire pour moi ou de flatter pour le seul plaisir des autres.

Ce trait de caractère me surprenait finalement assez peu.

— Je comprends mieux votre amitié si longue avec Anton.

— Ne dit-on pas « *qui se ressemble, s'assemble* » ? Je pense que, nous concernant, cet adage ne peut être plus juste.

— Vous connaissez la raison de votre venue, n'est-ce pas ?

— Oui, vous désirez vous nourrir de moi, répondit-il sans la moindre intonation de peur dans la voix.

— Et que désirez-vous en échange ? osai-je enfin demander.

— De l'argent me conviendra parfaitement… si vous êtes d'accord, bien entendu, car voyez-vous…

— Vous n'aimez pas les femmes. Il n'était point nécessaire de le préciser, Monsieur Armand, le coupai-je.

— Armand est suffisant.

— Soit. Combien désirez-vous ?

— Je laisse ce détail à votre discrétion. Je ne suis pas une fille de joie ! Ce n'est qu'un cadeau pour un service rendu.

— Très bien, je pense que nous avons un accord.

Il se pencha vers moi en me tendant la main pour sceller notre marché.

— Ne me tuez pas !

— Je sais me contenir, Armand.

Nous nous serrâmes la main avec délicatesse, puis je me levai.

— Excusez-moi un instant, je vous prie.

Je retournai dans mon boudoir où je gardais toujours des liquidités dans une petite boîte en acajou posée sur la cheminée. Je m'emparai d'une belle liasse : j'avais très soif !

Pour la première fois de ma longue existence, j'allais payer pour me nourrir. Mais même s'il m'avait proposé un marché incluant l'acte charnel, j'aurai refusé, puisque je réservais à présent mon corps à Gregor.

En rentrant de nouveau dans la pièce, je le vis de dos, assis, m'attendant sagement. Je m'approchai de lui et posai mes deux mains sur ses épaules. Je me baissai et colla ma bouche contre son oreille.

— Je serai délicate, chuchotai-je en lui posant les billets sur les genoux.

Je vis un léger sourire fleurir son visage et il ferma les yeux en signe d'approbation.

Je repoussai délicatement ses cheveux et passai ma langue sur sa carotide. Elle gonfla immédiatement. Comme je le lui avais promis, en douceur, je poussai sur sa peau avec mes canines et pénétrai sa chair. Son sang déferla dans ma bouche. Je fermai les yeux, me laissant envahir par cet absolu délice.

Il avait le goût raffiné des gens du grand monde.

Souvenir

Le tram hippomobile de dix heures venait de sonner son départ. Il desservait les points stratégiques de la ville, emmenant les gentes dames vers leurs points favoris de cette belle ville.

Je m'imaginais souvent Bruxelles, en plein jour, grouillante et animée. Alors que moi, je restais dans mon boudoir en attendant la nuit.

La dernière fois que j'avais vu et ressenti le soleil sur ma peau, c'était en France, il y avait environ quatre cents ans. Je vivais avec ma famille dans une ferme près d'Orléans. Les temps étaient tourmentés, bien plus que maintenant. Je remercie le ciel de la modernité de notre époque.

Un soir d'orage, un homme frappa à la porte de notre ferme, demandant le logis pour la nuit. Mes parents étaient très hospitaliers et l'homme charmeur n'eut pas de mal à les convaincre de le laisser entrer. Ils lui donnèrent le souper et une couche dans notre propre corps de ferme.

La nuit durant, j'entendis des bruits suspects venant de la chambre de mes parents. Ils n'étaient pas les mêmes que ceux qu'ils faisaient lorsqu'ils partageaient leur amour. Ceux-là étaient bien plus terrifiants. Puis tout cessa et un silence pesant s'empara de la maison. Seul le grincement des planches de bois qui recouvraient le sol certifiait encore la présence de quelqu'un.

Lorsque le bois craqua à l'ouverture de ma porte, mes yeux étaient grands ouverts. Je tremblais de toutes parts, me demandant quel monstre mes parents avaient accueilli au sein de leur maison, en présence de leur unique fille. J'entendis un râle qui semblait plus appartenir à un animal qu'à l'humain charmant vu à notre table quelques heures auparavant. Il s'approcha de ma couche alors que je remontais la couverture jusque mes yeux, comme si elle pouvait me protéger.

Il s'assit sur le rebord de mon lit. Je ne pouvais détacher mes yeux du monstre. Les siens étaient jaunes, injectés de veinures sanguines. Mon regard descendit sur sa bouche et là je ne pus étouffer un cri. Ses dents étaient si longues et pointues, et du sang commençait à sécher sur son menton. Qu'avait-il fait à mes parents ? Qu'allait-il me faire à moi, maintenant ?

Il repoussa un peu le drap qui me cachait le visage de ses longues mains terminées par des ongles noirs plus longs encore que ses dents.

— Quel joli petit trésor ! dit-il en me fixant, comme si au repas il ne m'avait même pas remarquée.

Je n'osais lui répondre et sentais que j'allais me répandre sur mes draps, tellement ma peur était intense. Alors, son visage et ses mains changèrent : il redevint l'homme qui frappa quelques heures plus tôt à notre porte.

— Sais-tu ce que je suis ? me demanda-t-il.

Je balbutiais un « *non* », ne voulant pas lui dire ma première pensée, c'est-à-dire : un monstre.

— T'effrayé-je ?

D'un signe de tête, je répondais par l'affirmative. Je n'avais que douze ans, tout me faisait peur. J'étais de nature réservée et rêveuse.

— N'as-tu point de langue ?

— Si...

— Voilà qui est bien mieux.

Il me sourit, mais je ne pus point y répondre.

— Comment t'appelles-tu ?

— Nocturne.

— Que c'est charmant et... inattendu.

Il se leva, semblant réfléchir tandis qu'il se positionnait devant la fenêtre. Un éclair illumina ma chambre.

— Es-tu déjà allée plus loin que le chemin que je vois au loin ?

— Non, Monseigneur.

— Je vais t'emmener loin d'ici et t'offrir une vie que tu n'aurais pu espérer.

— Où ça ? osai-je.

— Dans un grand château, là où le froid est pénétrant et la nuit noire comme la mort.

— Pourquoi ? demandai-je innocemment.

Il se retourna et me fixa.

— Pourquoi quoi ?

— Est-ce ainsi dans ce château ?

— Parce que c'est le mien, ajouta-t-il en se rapprochant de moi.

Il prit ma cape qui pendait derrière la porte et me la tendit.

— Nous partons, Nocturne.

Sans un mot, je me levai et posai la cape sur mes épaules. Il me prit dans ses bras pour sortir de la maison. Je vis en passant le pas de la porte les corps de mes parents déchiquetés. Il me posa sur le cheval qui l'avait amené à nous et embrasa la ferme, alors que j'étouffais mes sanglots de peur de le fâcher.

Nous commençâmes ensuite un long périple qui nous mena au château de Dracula en Transylvanie.

Dix ans passèrent. Puis, au moment opportun, mon maître fit de moi la créature que je suis aujourd'hui. Il avait attendu que je lui pardonne et que j'apprenne à le connaître pour mieux le servir. Il me donna une éducation à laquelle je n'aurais jamais eu accès en restant dans la ferme de mes parents.

Lorsqu'un jour, je lui demandai pourquoi il m'avait épargnée, il me répondit que jamais de sa longue vie, il n'avait vu pareille lueur dans les yeux d'un humain. Ce n'était ni de la peur ni de la folie, mais un espoir.

L'inconscience de ma jeunesse, ma curiosité de la vie avaient fait naître en moi une étincelle qu'il vit ce jour-là au fond de mon âme.

Aimons-nous

Perdue dans mes souvenirs, je laissai le jour passer, la nuit s'installer. J'aimais me remémorer mes premières années avec Dracula, mais il était grand temps que je me prépare pour rejoindre Gregor.

Je passai la plus belle de mes robes bleues qui s'accordait parfaitement à mes yeux. Je laissai les boucles châtain clair de mes cheveux libres et mis un petit chapeau orné de roses en soie noire. Je posai délicatement un rouge carmin sur mes lèvres, qui fut la touche finale. Je voulais être belle et désirable pour lui, rien que pour lui.

J'étais prête à sortir pour le rejoindre. Mon excitation était à son point culminant. Le sang d'Armand que j'avais bu à profusion la veille, m'avait revigoré et remit les idées en place.

J'étais redevenue Nocturne, la vampire implacable et séduisante, mais aussi la Nocturne éperdument amoureuse de son musicien humain qui avait su lui faire perdre la tête.

Il faisait doux pour cette fin novembre, je craignais que cela n'amène encore de la neige dans les jours à venir. Je flânais en me dirigeant vers le quartier de Gregor. Tout me paraissait beau.

Je poussai la petite porte de la maison où son appartement se trouvait. Dans les escaliers, des pétales de roses jonchaient le sol. Elles me menèrent jusque devant sa porte.

Alors que j'allais frapper pour annoncer ma présence, la porte s'ouvrit comme s'il m'avait entendue arriver.

— Merci pour ces belles roses, lui dis-je alors qu'il me tendait la main pour me faire pénétrer dans l'appartement.

À peine la porte refermée, il m'enlaça et m'embrassa tendrement. Il me soulagea de ma capeline et toujours en silence, il me conduisit dans le salon, où deux coupes de champagne nous attendaient sur le piano.

— Que de belles attentions, merci Gregor, vous êtes un amour.

Il prit les deux coupes et m'en donna une.

— Trinquons ! dit-il.

— À quoi ?

— À nous !

— Nous avons déjà fait cela, rappelez-vous.

— Oui, mais cette fois, le « *nous* » existe vraiment, finit-il en cognant doucement son verre de cristal contre le mien.

— Vous avez raison.

Nous bûmes cette première coupe jusqu'à la fin sans reprendre notre respiration et sans cesser de nous fixer. Ensuite, il me retira le verre des mains et s'approcha de moi.

— Bonsoir, ma douce, dit-il enfin.

— J'ai cru un instant que vous aviez perdu vos bonnes manières.

— Non, j'avais envie d'une entrée en matière différente.

— Vous y êtes parvenu avec brio : vous m'avez surprise et enchantée dans le même temps, répondis-je en posant un baiser sur ses lèvres.

Il recula d'un pas et m'observa.

— Tournez-vous…, dit-il en caressant son bouc douce-ment.

— Qu'ai-je donc ?

— Rien, je veux juste vous admirer.

Alors, je me pris à son jeu et commençai à bouger devant lui. Je m'emparai d'une rose posée sur le piano et caressai son visage avec, en prenant soin de ne pas le griffer avec les épines, alors que je continuais à tourner autour de lui, laissant trainer nonchalamment mon autre main sur son corps.

Puis, il me vint une idée : Gregor voulait jouer au jeu de la séduction. Je n'allais pas le décevoir. Je me séparai de la rose en la remettant à sa place. Ensuite passant derrière lui, je m'ar-rêtai puis glissai mes mains sous ses bras pour atteindre les boutons de sa chemise que je défis lentement en lui susurrant des mots tantôt doux, tantôt coquins. Il posa une main sur l'une des miennes.

— Laissez-vous faire, lui dis-je.

Il laissa retomber son bras le long de son corps. En me collant à lui, je revins face à mon amant. Durant un instant, je posai un doigt sur ses lèvres pour lui éviter d'avoir même l'envie de parler. Lorsque je fus assurée de son silence, j'enta-mai une série de baisers sur son torse, alors que mes mains ouvraient les pans de sa chemise. Je sentis sous ma langue sa peau réagir de plaisir d'être choyée ainsi, alors que s'échappait de sa bouche un soupir contenu. Je fléchis un peu les genoux pour continuer le chemin imaginaire que suivait ma bouche. Arrivée à son nombril, je le couvris de baisers humides, alors que mes mains emprisonnaient ses fesses. Il poussa un petit cri de surprise causé par mes deux gestes.

Il n'y avait pas que lui qui avait le droit de faire ce genre de choses.

Ensuite, je me relevai et lui souris. Il voulut une fois de plus parler, mais je l'arrêtai net et le poussai gentiment dans le fauteuil derrière lui.

Il était tout débraillé face à moi et d'une beauté surnaturelle. Il respirait fort, son corps débordait de désir visible dans ses yeux, entre autres.

Je retirai mes chaussures et délaçai le haut de ma belle robe bleue lentement. Je la fis glisser pour me retrouver en jupon et corsage. Je me mis à le taquiner, j'attrapai mon jupon de dentelle blanche, et le soulevai ne laissant entrevoir qu'un morceau de peau. Puis, je me mis à danser telle une bohémienne sur une musique que moi seule entendais.

Le visage de Gregor s'extasia.

Ensuite, je m'accroupis devant lui et lui retirai ses souliers. Il me souriait de son air coquin.

— Continue, gémit-il.

Je le regardai avec l'air que l'on peut prendre pour punir un enfant d'avoir fait une bêtise, et posai mes mains sur les accoudoirs du fauteuil. Je me penchai vers son visage et attendis en souriant.

Comprenant mes desseins, il prit l'initiative de desserrer mon corsage en tirant sur le cordon noué à la hauteur de mes côtes et libéra ainsi ma poitrine. Il l'empoigna fermement et enfouit sa tête entre mes seins. Il inspira profondément et se noya dans mon odeur.

Je le laissai faire un instant, lui permettant d'apprécier le cadeau que je venais de lui offrir malgré sa désobéissance, puis me reculai. Il se reposa contre le dossier du fauteuil, heureux de la petite liberté que je venais de lui accorder.

Mes mains quittèrent les accoudoirs pour rejoindre ses cuisses. Alors que je fixais mon aimé et me concentrais pour ne pas sortir les crocs, mes mains atteignirent le haut de son pantalon. Je le défis avec douceur et libérai la bête prisonnière.

Il y avait quelques minutes lors de mon passage sur son pantalon, j'avais senti au travers du tissu la bosse rigide qui avait failli me faire perdre le contrôle de mes sens. Maintenant, il se dressait devant moi, tendu comme un appel. Il voulait être dévoré. Gregor s'allongea dans le fauteuil pour exposer un peu plus l'objet de sa fierté et de ma convoitise. Je commençai à le caresser doucement passant mon pouce sur son gland luisant. Gregor enserra ma main dans la sienne et fit une pression qui en disait long sur son envie.

Ma tête s'abaissa vers son sexe érigé. Je relevai les yeux vers lui alors que ma langue léchait sa verge de haut en bas, suivant la lignée de sa veine. Je désirais goûter chaque centimètre de sa peau pour y laisser mon empreinte. Je jouai avec ma bouche et ma langue sur son sexe raide comme un pic durant de longues minutes.

Puis, je la mis entièrement en bouche en caressant ses testicules avec délicatesse et fermeté. Je les sentais se contracter sous mes doigts. Gregor fermait les yeux, les mains cramponnées au fauteuil. Sa respiration s'était transformée, il haletait ne cachant pas son immense plaisir. Tandis que je suçais son gland, je fis une légère aspiration. Soudainement, son jet chaud envahit ma bouche, parfumant mon palais. Ensuite, il posa ses mains sur ma tête et fis bouger son bassin pour une seconde rasade qui ne tarda pas à arriver au fond de ma gorge.

Il avait voulu prendre la « *main* » même pour un court instant avant son explosion finale.

Je sentis tout son corps se détendre, sa respiration reprit un rythme presque normal. J'appuyai ma tête sur son ventre et caressai son bras.

Une plénitude régnait dans son petit deux-pièces.

Un silence apaisant nous enveloppait.

Je me sentais tellement bien dans ses bras. Je l'aimais tant.

Alors que je savourais ce moment rare, Gregor me dit en me câlinant les cheveux :

— J'ai envie de vous.

Je redressai la tête vers lui et tendis mes lèvres. Il les prit en se soulevant. Il me porta et m'allongea doucement sur le sol. Il glissa sa main sous mon jupon et le releva. Puis, il ôta mon panty. Dans la suite, il posa un baiser sur mon bas ventre.

J'écartai les jambes pour lui. Il remonta son torse vers moi, puis attrapa mes deux mains qu'il plaqua au-dessus de ma tête. Après un regard qui en disait long sur ses intentions, il me pénétra en fermant les yeux.

Je lui appartenais corps et âme.

Il se retira complètement de moi une première fois, et revint de nouveau de manière un peu brusque. Son désir augmentait de me voir ainsi, à sa merci, faisant naître en lui des envies de pouvoir. Je fermai les yeux sous son deuxième coup de reins. Le troisième fut encore plus profond, sans être douloureux. Je poussai un cri. Je désirais maintenant qu'il ne s'interrompe plus entre chaque pénétration. Je soulevai mon bassin afin qu'il comprenne que je le désirais ardemment désormais jusqu'à l'explosion, ensemble, de notre jouissance.

Gregor comprit le message et ne marqua plus de temps d'arrêt, mais ne diminua pas pour autant l'intensité de ses coups de reins. Nos doigts s'entrelacèrent et se serrèrent si fort que les jointures en devinrent blanches.

Je l'accompagnai, bougeant à son rythme, l'incitant à continuer toujours plus fort, toujours plus loin. Je sentis ma jouissance monter du plus profond de mes entrailles, une explosion de sensations contradictoires envahit mon esprit. J'extériorisai mon plaisir en hurlant. Mon amant au-dessus de moi avait les yeux révulsés alors que son plaisir s'épanouissait en moi.

Nous étions trempés de sueur et autres fluides corporels. Gregor me fixa et m'embrassa tendrement, avant de poser son corps assouvi sur le mien.

Je passai mes doigts dans ses cheveux lentement, jouant avec ses boucles. Sa tête était tournée vers la fenêtre. Mon autre main caressait son cou. Alors, je sentis les pulsations de son cœur sous mes doigts. Il ne pouvait pas me voir. Durant un court instant, je laissai mes crocs sortir et penchai la tête en arrière. Là était mon autre jouissance. Je m'abandonnai complètement.

Je me ressaisis avant que mon amour ne remarque ma mutation.

— Vous avez un don, Nocturne, me dit-il soudainement.

— Je ne fais que vous suivre, vous m'inspirez, répondis-je en toute vérité.

— Ne vous sous-estimez pas.

— Loin de moi cette idée, mais c'est vous qui déclenchez en moi ces instincts.

Je ne pouvais pas lui dire que ma vie était régie par deux choses : le sang et le sexe. Mais avec lui, c'était différent. Mes sensations se voyaient décuplées sans que je ne sache pourquoi.

Il tourna la tête vers moi et très sérieusement me dit :

– Je ne vous cherchais pas et je vous ai trouvée. Vous êtes celle que je n'avais jamais espéré avoir. L'être de mes fantasmes les plus fous.

– Gregor…

– Je vous aime tant, que cela en est douloureux.

Je le fis taire en l'embrassant. Ses vérités étaient aussi les miennes, pourtant je ne pouvais pas lui dévoiler mon secret. Je ne voulais pas le perdre.

Nous nous endormîmes enlacés à même le parquet de son petit appartement.

Une fois de plus, mon horloge interne me prévint de l'aube imminente. Je me rhabillai et voulus partir discrètement. Au moment d'ouvrir la porte, je l'entendis me dire :

– À bientôt, mon amour.

– Je vous aime, Gregor.

Je refermai la porte et me dépêchai de rentrer avant que le soleil ne mette fin à cette belle histoire.

La lettre

J'entendis le carillon de la porte d'entrée résonner dans la maison. Il était quatre heures de l'après-midi. Léonie alla ouvrir, puis referma au bout de quelques secondes à peine et vint toquer au salon.

— Entrez, je vous prie.

Elle s'approcha de moi.

— Un porteur vient de déposer cette lettre pour vous, Mademoiselle.

— Très bien, merci, Léonie.

— Désirez-vous quelque chose ?

— Non, ça ira bien ainsi, dis-je en décachetant l'enveloppe.

Elle repartit continuer ses tâches quotidiennes.

Je sortis le morceau de papier vélin qui, je le savais par l'odeur, provenait de Gregor.

« Ma bien-aimée,

Me voilà de nouveau partie en Italie. Monsieur Doyles m'a demandé ce matin de m'y rendre sur-le-champ. Je n'ai pu refuser au risque de perdre ma place.

À mon grand dam, je serai absent durant huit jours.

Vous me manquez déjà. Votre regard posé sur moi me manque. Vos mains délicates me manquent. Votre fougue encore plus. Votre présence près de moi est toujours un moment de bonheur absolu. Je n'aurais jamais cru cela possible. Où étiez-vous toutes ces années ? Pourquoi ne nous sommes-nous pas rencontrés plus tôt ?

Par moment, je me dis que je dois remercier Anton pour son idée de vous rendre visite. À vouloir vous faire plaisir, il a fait un acte bien plus merveilleux.

Mille baisers volent vers vous, accompagnant mon amour.

Gregor »

À la fin de la lecture, deux sentiments m'envahirent.

Le premier doux et chaleureux de lire les beaux mots de Gregor à mon égard. Nous avions prévu de nous voir ce soir, en revanche cet imprévu me contraria.

Le second était une rage immense envers ce Monsieur Doyles. Pourquoi diable s'en prenait-il ainsi à Gregor ?

Huit nuits à ne pas le voir. La dernière fois, seulement deux jours m'avaient paru déjà si longs. Je ne savais que faire. Devais-je le rejoindre là-bas ?

Je ruminai ma colère, et mon désespoir s'amplifia.

Bien sûr que je ne pouvais pas me rendre en Italie sur un coup de tête. Il n'était pas au courant et il pouvait se trouver n'importe où. Puis, je ne voulais pas le mettre en fâcheuse position par rapport à Doyles. Je me levai d'un bond de la méridienne. Il me restait encore au moins trois heures avant que je puisse sortir. Il me fallait des réponses !

Je me servis un cognac pour calmer mes envies de meurtres. Sans cesse, je pensais au temps qui n'avancerait plus.

Aux heures qui stagneraient et à ma tristesse qui allait s'installer.

Je ressentis un vide colossal en pensant à mon aimé. Comment avait-il fait pour m'envouter ainsi ? Était-ce cela l'amour, le vrai ? Celui que je n'avais jamais ressenti en tant qu'humaine, sauf envers mes parents ? Pourquoi ce sentiment me rendait-il si malheureuse ? Était-ce normal ?

Je ne comprenais pas. Lorsque je voyais les couples dans la rue, tous semblaient resplendir. Une joie communicative se lisait sur leur visage.

Alors que je réfléchissais intensément en vidant mon verre, une question fondamentale me vint. **Les vampires étaient-ils finalement capables d'aimer ?**

J'aimais ce que l'on pouvait appeler vulgairement le sexe, mais jamais au grand dieu, cela ne m'avait rendue malheureuse !

J'aimais le sang. Je raffolais de son goût et l'effet bénéfique qu'il avait sur mon corps et mon âme. En être privée ne me tuerait pas, mais je pouvais dépérir et m'assécher.

Une épée semblait s'être enfoncée dans mon cœur.

Une épée qui appartenait à Monsieur Doyles. Ce goujat, ce gros porc si imbu de sa personne, sans aucune manière. Il venait d'effacer par son action le bien-être que je ressentais depuis que j'étais rentrée de ma nuit avec Gregor.

Je me mis à imaginer mon professeur de musique seul sur le chemin de ce pays qu'il haïssait tant. Peut-être pensait-il à moi, peut-être était-il aussi désemparé que moi par cette séparation forcée. Le ton de sa lettre me l'avait laissé entrevoir.

Il ne me restait plus qu'à patienter que le jour veuille bien céder la place à la nuit pour que je puisse rendre une petite visite au Conservatoire où Gregor donnait ses leçons de chant et cours de piano, mais d'où il serait bien entendu absent.

Par la faute de celui qui, j'espérais, travaillerait tard ce soir.

Cher Monsieur Doyles

Le dernier rayon de soleil disparut, me donnant le coup d'envoi de mon expédition punitive. C'est bien de cela qu'il s'agissait. Je voulais obtenir des réponses et peut-être bien plus encore. J'attendais cet instant depuis des heures.

Je marchais à vive allure vers la rue de la Régence. Un fiacre taxi était stationné sur l'avenue Louise. Je m'y engouffrai. Il me conduirait à destination bien plus rapidement que je n'aurais pu le faire à pied.

Mon impatience était à son comble. J'avais tourné comme un lion en cage tout l'après-midi.

En descendant du fiacre, je relevai la tête vers l'imposante bâtisse éclairée.

La grille était ouverte. Dans la cour, trois portes s'offraient à moi. Je pris celle face à moi, celle que je pensais être la principale. Je devais trouver le département « *découverte* » où Doyles travaillait.

Je me retrouvai dans le hall. Face à moi un escalier et de chaque côté des couloirs parsemés de portes, peut-être des salles de cours ou des offices.

J'optai pour l'escalier, j'imaginais que les gradés devaient se trouver au premier étage.

En haut des marches, la multitude de portes augmenta fortement mes chances de trouver Doyles, mais aussi celles de tomber sur quelqu'un d'autre qui s'empresserait de me demander ce que je faisais ici à une heure aussi tardive.

Je n'avais pas envie d'inventer un mensonge.

Alors je suivis mon instinct qui me dicta de prendre vers la gauche. À côté de chaque porte, une petite plaque de bronze annonçait qui travaillait dans cette pièce, ainsi que sa fonction. Finalement, cela serait plus simple d'atteindre mon but que je l'eus cru un instant plus tôt.

Enfin, j'arrivai devant la plaque portant son nom. Je m'immobilisai et fermai les yeux quelques secondes pour me calmer.

Puis, j'écoutai. Il était là, j'entendais clairement sa respiration. Je n'avais pensé qu'à une chose durant tout l'après-midi : venir ici, mais je n'avais élaboré aucun plan. J'allais devoir improviser. Rien ne servait d'y penser tant que je ne savais pas quelle attitude il adopterait avec moi.

Je frappai à la porte.

— Oui, entrez.

J'ouvris lentement le battant. La pièce était éclairée à l'électricité. Cette méthode se répandait un peu partout dans Bruxelles. La luminosité était différente, plus claire et plus diffuse. Il était assis derrière un grand bureau où s'entassaient nombre de papiers. Une autre plaque portant son nom sur l'avant du bureau était posée. Derrière lui, une grande fenêtre montrait la ville.

Il portait des binocles. Il était encore plus laid que dans mon souvenir. J'entrai sans un mot.

— Mademoiselle Nocturne, quelle belle surprise, dit-il en se levant de sa chaise, mais restant derrière sa table de travail.

— Monsieur Doyles, répondis-je en m'approchant.

— Prenez place, je vous prie, m'invita-t-il poliment en me montrant la chaise en bois devant son bureau.

Son propre siège semblait bien plus confortable que le mien. Durant un instant furtif, j'imaginai Gregor ce matin prenant place ici même.

— Que puis-je faire pour vous ? finit-il par demander.

— Voilà, je repensais à vous ce matin…

Sur ce début de phrase, son visage s'illumina d'un espoir malsain.

— … car j'ai toujours rêvé apprendre la musique. Ce n'est un secret pour personne que cet art me passionne.

— Si ce sont des cours que vous désirez, il faut voir avec le secrétariat durant les heures d'ouverture, répondit-il déçu de la fin de cette même phrase.

— Oh, bien sûr veuillez m'excuser, dis-je faisant mine de me lever.

— Attendez, je peux peut-être vous aider, s'empressa-t-il de rajouter en me voyant bouger.

Je lui souris en croisant les jambes. Je posai les mains sur les genoux, toute ouïe de ce qu'il avait à me dire.

— J'ai un certain pouvoir ici, ce qui vous permettrait de commencer vos leçons sans devoir vous inscrire sur liste d'attente.

— C'est très gentil de votre part.

Plus il parlait, plus il me dégoûtait. J'avais l'impression qu'il bavait devant moi. Je devais me contenir encore un peu, afin d'apprécier au mieux ma victoire.

Il sortit un formulaire d'un de ses tiroirs et me le tendit.

— Remplissez cela en lettres capitales.

— Bien entendu, auriez-vous une plume, je vous prie ?

Il m'en donna une, profitant de ce geste pour frôler ma main. Je trempai sous son œil attentif ladite plume dans l'encrier et commençai à remplir le feuillet.

Je devais y inscrire toutes mes informations personnelles, telles que mon adresse, ma date de naissance et mes connaissances en musique afin que l'administration de l'école puisse m'attribuer une classe et un professeur.

Je relevai la tête vers mon interlocuteur. Je sentais se yeux malsains sur mon corps. C'était une sensation très désagréable qui en rajoutait à ma colère.

— Suis-je réellement obligée de remplir ce formulaire ?

— Nous en avons besoin, répondit-il en croisant les mains devant lui.

Il éprouvait une certaine puissance, c'était palpable, mais il ne me connaissait pas.

— Et si je désirais un professeur personnel ?

— Pensez-vous à l'un de nos précepteurs en particulier ?

Il me prenait pour une imbécile.

— Et vous ? osai-je.

— Pour cela, j'ai besoin de connaître votre niveau, donc que vous remplissiez ce formulaire. Même si cela vous paraît fastidieux, éluda-t-il ma seconde question en me montrant la feuille sur laquelle je n'avais inscrit que mon nom.

— Gregor Thomaston, lançai-je.

— Il est en déplacement.

— Il va bien revenir, non ? D'ailleurs puisque vous abordez le sujet, pourquoi envoyez-vous un professeur de piano et de chant en Italie, chercher des partitions comme un vulgaire porteur ?

— J'emploie mes gens comme bon me semble !

Je me levai.

— Vos gens… Quel est votre intérêt, Monsieur Doyles ?

— J'ai un besoin urgent de ces partitions.

— Vous mentez !

— Je ne vous permets pas de me parler sur ce ton, je n'ai pas à me justifier face à vous, rétorqua-t-il en tapotant la main sur le bureau.

Il commençait à perdre patience et cela tombait bien, car pour ma part cette entrevue avait assez duré. Même si cet homme me dégoûtait au plus haut point, me nourrir de lui, lui ôter la vie me ferait le plus grand bien. Depuis notre première rencontre, je le haïssais. Cette haine s'était accentuée avec ses actes.

Le dernier jour de sa vie allait bientôt prendre fin.

— Veuillez sortir, Mademoiselle. Vous ne désirez prendre aucun cours. Ceci n'est qu'un prétexte pour me harceler.

J'éclatai de rire.

Il se leva d'un bond et tendit son bras vers la porte.

— Sortez ! hurla-t-il d'une voix hystérique.

Sa colère déclencha ma métamorphose. Il ne fallait pas titiller mes instincts. Mes dents transpercèrent mes gencives, mes yeux prirent leur jolie couleur jaune d'or et mes ongles poussèrent et se colorèrent de gris foncé.

Maintenant, il me fixait. La bouche grande ouverte, de surprise ou de peur, l'expression était similaire. Il ne disait plus rien. Je m'approchai de lui en contournant le bureau. Il recula et se retrouva coincé contre la fenêtre, alors avec une agilité découlant de son instinct de survie, il se déplaça de l'autre côté de son beau bureau en bois. Il se dirigeait droit vers la porte.

Mais, il ne pouvait pas m'échapper.

Il était pâle comme le futur mort qu'il serait bientôt.

Je le rejoignis rapidement, sans que mes pieds touchent le sol. Je plaquai la main sur la porte au moment où il posait la sienne sur la poignée. Il était coincé. Il s'était piégé tout seul et en prit conscience.

Il était plus grand que moi, d'au moins une tête. Mes yeux étaient rivés sur son cou, où sa terreur coulait et palpitait, faisant apparaître une petite bosse à intervalles rapides et réguliers.

Je tournai la tête et relevai mon regard vers le sien.

— Pourquoi nous avez-vous fait cela ?

Il fronça les sourcils d'incompréhension. Il persistait dans son mensonge.

— Pourquoi avez-vous envoyé Gregor loin de moi ?

À cet instant, il se mit à sourire.

L'imprudent se moquait de moi ouvertement.

Je rapprochai mon visage du sien, de la même manière que j'aurais pu le faire si d'aventure, j'avais voulu l'embrasser.

— Y a-t-il quelque chose de drôle ?

— Je le savais…, réussit-il enfin à prononcer.

— Vous voulez dire que vous avez été suffisamment perspicace pour deviner que Gregor et moi avions une aventure ?

— Oui…

— Et donc, vous avez décidé de nous séparer pour votre satisfaction sadique ?

— C'est cela, oui.

— Aaaah… Monsieur Doyles !

Je pris son visage entre mes mains à la fin de ma phrase et le fixai. Je sentis ses tremblements résonner dans mes doigts.

— Ce fut une terrible erreur.

Je le sentis défaillir. Il commençait à glisser contre la porte. Je le rattrapai par-dessous les bras et le soutins.

— Un peu de courage, cela ne sera pas long, je vous le promets.

Une lueur de frayeur traversa ses yeux mornes. Je lui souris d'un rictus sincère. Pour la première fois, j'appréciai cet homme dans toute sa détresse.

Puis, ma rage me submergea et je me jetai sur lui, sans aucune pitié ni douceur. Je déchiquetai son visage, en y arrachant d'abord le nez. J'avais plus envie de le ravager que me nourrir de cet être abject, mais l'appel du sang fut le plus fort. Je lui penchai la tête, sanguinolente, sur le côté et enfonçai mes crocs dans sa carotide, aspirant le nectar chaud et bouillonnant. J'étais gourmande. Il m'avait rendue sauvage. Mes crocs se plantèrent de l'autre côté de son cou. Je ne ressentis plus aucune résistance de sa part et toute vie s'éloigna de lui.

Quand il fut enfin mort, je le lâchai, satisfaite à mon tour de ce que je venais de lui faire subir.

Je passai la manche de mon manteau sur ma bouche pour me nettoyer un peu le visage. Ensuite, j'ouvris la porte après avoir poussé du pied la dépouille de Monsieur Doyles.

Le battant de bois entrebâillé me laissait assez d'espace pour sortir. Je lui jetai un dernier regard sans aucun regret ! Puis, je refermai derrière moi. Avant de partir, j'arrachai la plaque de bronze du mur et la jetai sur le sol. Plus personne n'en aurait besoin, sauf peut-être pour la mettre sur sa tombe en guise d'épitaphe.

Je fis le chemin du retour en marchant, l'esprit clair et le corps rassasié.

Cruelle existence

Cela ne faisait que quatre nuits que Gregor était parti. Je pensais que mon acte l'aurait fait revenir. Que quelqu'un l'aurait prévenu du décès soudain de Monsieur Doyles.

Mais apparemment, la nouvelle n'était pas arrivée en Italie. Pourtant à Bruxelles, cet effroyable meurtre faisait la une de tous les quotidiens.

Vingt-deux heures venaient de sonner. Je me sentais lasse, physiquement et moralement. Mon dernier repas datait de cet infâme Monsieur Doyles. Depuis, une immense tristesse s'était emparée de mon être, annihilant toute volonté, épuisant mon énergie.

Je m'étais confortablement installée dans la grande salle, près de la fenêtre, dans un fauteuil. Là où j'avais lu et relu la première lettre de Gregor. J'écoutais de la musique provenant du gramophone qu'il m'avait rapporté. Seul lien, pour l'heure, qui nous unissait.

Il me manquait tellement. Je n'avais jamais connu une emprise si forte sur mon esprit. Je ne m'expliquais toujours pas cette faiblesse.

Les notes de piano résonnaient dans la pièce. Je fermai les yeux pour m'en délecter. Incontestablement, Chopin demeurait mon favori. Il y avait tant d'émotion dans ses créations, tant de vie et de rebondissements, un peu comme dans ma vie.

Les rideaux étaient ouverts sur la nuit. Un fiacre fit halte devant chez moi. Je vis Léonie et Anton en descendre. L'instant d'après, ils pénétraient dans la maison.

C'était la première fois que mon ami franchissait le pas de ma porte. Il avait l'air en bonne forme. Léonie le déchargea de son manteau. La neige avait recommencé de tomber. Je sentis l'air glacial venir s'enrouler autour de mes jambes.

Il vint à moi et m'embrassa sur la joue avant de prendre place dans le fauteuil face au mien. Léonie, quant à elle, s'échappa vers la cuisine.

C'était la seconde fois qu'elle faisait appel à Anton. Ce soir, elle ne m'avait pas parlé et avait agi en toute clandestinité.

Mon ami me fixait en silence.

— Que me vaut l'extrême honneur de votre visite ?

— Léonie s'inquiète… En vous voyant, je me rends compte que ses mots n'étaient pas exagérés.

— Quels étaient-ils ?

— Ce n'est pas l'important, Nocturne.

— Quels sont les vôtres, alors Anton ? Vous ne pouvez pas éluder cette question.

Il se leva et vint s'agenouiller devant moi. Il posa une main sur mon genou. Je le regardai, ne bougeant pas plus que lorsqu'ils étaient entrés dans la maison.

— Que vous arrive-t-il, mon amie ?

— Dites-moi vos mots, Anton. De quoi ai-je l'air ?

— Vous n'abandonnez donc jamais ! dit-il un peu plus sévèrement qu'il ne l'aurait voulu.

— Je pensais que vous me connaissiez mieux que cela, ajoutai-je.

Il appuya son séant sur ses talons et souleva les épaules, en mouvement d'abandon. J'avais gagné, il allait me répondre.

— Vous semblez sans vie…, murmura-t-il presque.

— Je le suis depuis quatre cents ans.

— Non, vous ne l'êtes que depuis quelques jours. Vous que je connais si bien. Vous, qui vous nourrissez de l'acte d'amour et du sang des autres. Vous, qui êtes la plus belle et la plus forte des créatures que je ne connaisse. Pourquoi un tel dépérissement vous atteint-il ?

Ses mots étaient forts, poignants et blessants. Mais, ils étaient tellement réels. Je me sentais dépérir, il avait raison.

Sur la table basse face à moi, la lettre de Gregor était posée. Celle où il me prévenait partir en Italie sur les ordres de feu Monsieur Doyles.

À mon tour, je lâchai les armes.

— Lisez-la, si le cœur vous en dit, dis-je en lui pointant du doigt le bout de papier tout chiffonné à force d'avoir été lu.

Il se tourna à peine, sans retirer la main de mon genou, et s'empara de la missive avec celle qui était libre.

Il la lut au moins deux fois et releva la tête vers moi.

— C'est vous… Monsieur Doyles ?

Depuis son arrivée, mon visage était resté fermé. Ce qu'il me demanda me fit sourire.

— Qu'est-ce qui vous le fait penser ?

— Cette lettre de Gregor, ajouta-t-il en la gesticulant en l'air.

— Alors oui, je vous l'avoue. La mort de Doyles est mon œuvre.

— Pourquoi ?

Alors, je lui racontai l'épisode du jour de son anniversaire, l'attitude de Doyles et le premier voyage de Gregor en Italie, alors que cela ne faisait pas partie de ses attributions que de remplir de telles missions. Je lui expliquai que Gregor était professeur de musique, que son travail se situait rue de la Régence et en aucun cas loin de moi.

— Vous l'aimez ? questionna-t-il.

Je ne répondis pas. Ce que je ressentais, je n'avais pas encore réussi à mettre un nom dessus. Probablement que oui, c'était de l'amour, mais pas comme les humains le définissaient. Pour moi, tout était amplifié. Tout n'était que souffrance.

— Vous en avez le droit, Nocturne, ajouta-t-il voyant mon hésitation à répondre.

— Vraiment ?

— Et pourquoi pas ?

— Ressentez-vous de l'amour, Anton, depuis que je vous ai transformé ?

— Je ne cherche pas l'amour. Pour le moment, je découvre ma nouvelle identité. Il n'y a guère de place pour les choses sérieuses.

— Comme de votre vivant !

— Ah oui ! C'est vrai, je n'ai pas changé. Revenons à ce qui nous préoccupe. Aimez-vous mon ami Gregor ?

— Je le crains.

Il serra sa main sur mon genou.

— Prenez-le avec joie. L'amour est fait pour être beau !

— Pourquoi n'est-ce que déchirement pour moi, alors ? demandai-je en plongeant mon regard embué dans le sien.

Il ne répondit pas immédiatement. Il réfléchissait en me fixant.

— Je ne sais pas. Je suis désolé, finit-il par avouer.

— Son absence me ronge. J'ai besoin de le voir, de le toucher, de le sentir.

— Il revient bientôt. Pourquoi vous mettre dans un état pareil ?

Je perdis mon regard un instant vers la fenêtre et les flocons qui continuaient de tomber.

— Il y a autre chose, Anton.

— Quoi ?

— Je suis une vampire. Il est humain. Cela me fait extrêmement peur.

— Lui avez-vous dit ?

— Non, bien sûr…

— C'est cela qui vous effraie autant ?

— Oui, et de lui faire du mal. J'ai tellement peur de le blesser.

Un bruit de verre brisé retentit dans le couloir qui menait à la cuisine. Je me levai pour savoir ce qu'il s'était passé. Léonie se tenait debout à quelques pas à peine de nous, cachée par le mur. Sur le sol, gisait un vase.

— Excusez-moi, dit-elle en se baissant pour ramasser les bouts de verre, je suis si maladroite en ce moment.

Je la regardai faire, mais ne relevai pas son mensonge. Ma servante n'était pas maladroite. En vingt ans passés à mon service, elle n'avait jamais rien cassé. Je trouvai son attitude des plus étranges. Cependant, je la laissai ramasser les bouts de vase et me retournai vers Anton.

Il avait repris place dans le fauteuil, les mains croisées sur les genoux. Ainsi, il ressemblait à un psychothérapeute.

— N'avez-vous jamais eu d'amants humains pour plus d'une nuit ? reprit Anton comme si rien ne s'était passé à quelques mètres de nous.

— Non, je l'avoue.

— N'avez-vous jamais aimé un homme ?

— Ni même un vampire. Jusqu'à maintenant mon cœur sans vie était toujours resté sec.

Cette évidence énoncée tout haut me fit froid dans le dos.

— Quelle tristesse de ne point ressentir ! me dit-il sans se rendre compte de l'impact de ses mots.

— La tristesse vient avec le ressenti dans mon cas, Anton, répondis-je en regardant à nouveau dehors.

À présent la neige avait recouvert les traces du fiacre.

— Je ne voulais pas vous peiner. Excusez-moi, Nocturne.

— Cela n'a pas la moindre importance.

Il se leva et se posta devant la fenêtre les mains dans le dos.

— Et si nous sortions pour chasser ? Cela vous changerait les idées.

— Non…

— Voulez-vous que je fasse appeler Armand ? Vous devez vous nourrir, insista-t-il en se retournant vers la pièce.

— Non.

Il fit un pas vers moi, prêt à réitérer ses multiples demandes.

— N'insistez pas, au nom de notre amitié, le devançai-je avant qu'il ne puisse rouvrir la bouche.

— Je ne peux vous laisser ainsi !

— Si, vous le pouvez. Il suffit que vous sortiez.

— Seriez-vous en train de me chasser gentiment de votre demeure ?

— En quelque sorte, oui.

— Soit, abdiqua-t-il en se dirigeant vers le porte-manteau.

— Merci, Anton.

— Ne me remerciez pas, Nocturne. Cela ne va pas s'arrêter ainsi.

— Que voulez-vous dire ?

Léonie arriva pour lui ouvrir la porte. Il ne répondit pas à ma question. Je le vis sur le trottoir faire un signe à ma servante.

Puis, la porte se referma sur la nuit et le froid.

Je me sentis soulagée d'être enfin de nouveau seule. Je repris la lettre de Gregor et la relus une nouvelle fois. Mes larmes tombèrent sur le papier en silence.

Il ne me restait plus qu'à patienter jusqu'à son retour.

Je me levai et descendis à la cave me calfeutrer dans mon cercueil. Ici, personne ne viendrait m'importuner.

Le retour

La nuit posait lentement ses jalons sur mes derniers instants d'attente. Nous y étions : le temps, enfin, s'était écoulé.

Je me préparai. Je voulais être belle pour le retour de mon aimé. Malgré l'image que me renvoyait le miroir, je me sentais heureuse.

Ma détresse allait prendre fin. J'avais réfléchi et pris la décision de ne pas parler à Gregor de la langueur qui m'avait envahie ces derniers jours.

Anton ne m'avait plus directement importunée, mais il envoya par deux fois Armand chez moi, malgré mon refus catégorique. Léonie se chargea de le congédier en obéissant à mes ordres sans autre question.

Elle était devenue étrange. Son attitude cachait quelque chose. Peut-être avait-elle un nouvel amant, ou pire, des ennuis dont elle n'osait point me parler, à cause de mon état.

Alors que je m'apprêtais, quelqu'un frappa à la porte. Le soleil était couché, je pouvais donc aller ouvrir en toute sécurité. Je fis glisser les portes de mon boudoir et me dirigeai vers l'entrée.

Ce que je ressentis à ce moment précis fut une immense joie. Celui qui se tenait derrière avait rempli mes pensées durant ces sept nuits et huit jours derniers.

J'ouvris en grand la porte, trop heureuse de le voir.

Léonie arriva derrière moi. Je la renvoyai vers la cuisine d'un signe de main, lui faisant comprendre que je m'en occupais. Curieusement, elle pencha la tête pour voir qui venait ainsi à l'improviste une fois de plus. Puis, elle repartit en silence.

Je me retournai enfin vers mon aimé. Je lui pris la main et l'attirai dans la maison, avant de refermer.

Il me prit dans ses bras et me murmura :

— Comment est-il possible que le temps soit si long sans vous ?

Puis, il posa un baiser sur mes lèvres.

— Je me suis permis de venir ici directement, ajouta-t-il en me montrant son sac de voyage.

— Vous avez bien fait, venez.

Je le pris par la main et l'emmenai dans mon boudoir. Je refermai les portes sur nous. Nous étions face à face. Il posa ses mains sur mon visage et le caressa lentement en me fixant.

— Je vous ai tant attendu, finis-je par dire.

— Vous avez l'air fatigué, mais vous êtes si belle, Nocturne.

— J'ai eu beaucoup de travail. Puis… vous m'avez tellement manqué.

Il commença à embrasser mes joues, puis remonta vers mes yeux, que je fermai pour laisser l'onde de chaleur prendre possession de mes sens.

Il était revenu !

Je n'avais pas eu le temps de finir de me préparer. Gregor en tira parti et fit glisser sur mes épaules mon corsage. Il continuait de poser des baisers sur chaque parcelle de peau qu'il dévoilait. Nous savourions cet instant.

Je fis un pas en arrière pour le contempler et lui souris, puis m'approchai de lui à nouveau. Je lui retirai son manteau. Il profitait de moi, je voulais faire de même avec lui. Lentement, je défis le nœud qui emprisonnait son cou. Alors, il posa à nouveau ses mains sur moi, comme si c'était la première fois et continua son exploration.

Elles étaient si douces, leur chaleur si pénétrante et le souffle de Gregor tellement proche et vivifiant. Sa vie prenait corps dans le mien.

Il m'enlaça et soupira bruyamment.

— Ce fut si long, me chuchota-t-il.

— Ne partez plus, Gregor. Ne me laissez plus ainsi.

Il s'écarta un peu de moi et souleva doucement mon menton de ses doigts.

— Accompagnez-moi la prochaine fois…

Je tournai la tête et plissa les yeux. Avait-il souffert autant que moi durant ces derniers jours ?

— Avec grand plaisir. Je ne vous laisserai plus vous éloigner de moi. Je ne laisserai plus quiconque nous séparer.

Sur cette phrase, il captura ma bouche avec fougue. Alors que sa langue tournoyait avec la mienne, il dénoua le nœud qui retenait mes cheveux. Ses mains descendirent le long de mon dos. Son pouce appuyait sur ma colonne vertébrale, me procurant un plaisir intense. Arrivé à mes fesses, il s'en empara et me souleva du sol. Il me porta jusqu'à la méridienne et m'allongea dessus.

Il se déshabilla complètement, durant ce temps je pris exemple sur lui et nous nous retrouvâmes nus, allongés l'un à côté de l'autre, peau contre peau, nous effleurant des doigts un peu partout. Nous nous excitions, je sentais mon appétit pour lui croître de plus en plus. Ma frustration des derniers jours se transformait en un désir bouillonnant de sexe et d'amour.

J'enroulai une de mes jambes autour de la sienne et frottai mon entrecuisse humide contre sa peau. Il remonta aussitôt son genou pour accentuer la pression. J'appuyai mon clitoris contre son corps bouillant et gémis. Il me mordit le lobe de l'oreille alors que j'enfonçais mes ongles dans ses omoplates. Il me mordit encore plus fort et s'empara ensuite de ma bouche. Mon bassin ondulait sous lui sans jamais rompre le contact de mon sexe sur sa jambe aussi dure que sa verge contre mon ventre.

— Prenez-moi maintenant, lui susurrai-je.

Il ne se fit pas prier et se décala. Il se tint immobile au-dessus de moi, me fixant un court instant. Lentement, il pénétra en moi, savourant chaque millimètre de mon vagin inondé de plaisir. Soudainement, il m'asséna un coup de reins sec. Je lui appartenais ! Il fit un mouvement de recul de son bassin et il revint profondément en moi. Ses va-et-vient étaient lents, mais fermes. Chaque fois qu'il était au plus profond de moi, ses mains se cramponnaient à mes épaules pour atteindre les profondeurs de mon corps.

Puis, il accéléra. Je l'accompagnai.

Il releva son torse et se mit à genoux. Il prit mes jambes par les chevilles et les souleva alors que son corps se retrouvait à la verticale, puis il recommença à taper en moi, de plus en plus fort. Ses yeux étaient fixés sur nos sexes. Plus il regardait la pénétration, plus son excitation grandissait encore. Il grognait de plaisir.

Puis, sa libération arriva alors que je jouissais d'un intense plaisir jamais atteint. Il continua ses va-et-vient encore un moment puis s'écroula sur moi, repu, satisfait.

Je caressai ses boucles soyeuses, pendant que sa semence abondante essayait de s'échapper de mon corps, ainsi que son membre qui reprenait une taille normale. Je contractai mes muscles afin qu'il reste encore un peu au chaud. Je sentis une autre pulsion venant de lui, comme s'il répondait à mon appel.

— Vous allez me tuer, mon amour, dit-il innocemment.

— Je vous aime trop pour cela, répondis-je, sachant qu'il ne comprenait pas la vraie signification de mes mots.

— Je vous aime aussi, Nocturne.

— Je le sais, répondis-je en souriant.

Le voyage et nos retrouvailles avaient épuisé Gregor. Je me levai pour mettre une bûche dans la cheminée. Je ne tenais pas à ce qu'il attrape froid. Il vint derrière moi lentement et se blottit contre mon corps. Nous étions debout face à l'âtre. Il me surprit en écartant mes jambes avec ses pieds. Il commença à embrasser mon dos, jouant tantôt avec sa langue tantôt avec ses lèvres. Mes yeux se perdaient dans les flammes, alors que ses mains descendaient le long de mes jambes. Il était à présent accroupi derrière moi. Je tournai la tête.

— Ne bougez pas…

Ce que je fis. Il se tourna et se glissa entre mes jambes tendues. Il leva les yeux vers mon sexe. Je sentis ses doigts sur mes lèvres, il les écarta doucement et passa sa langue sur la douceur des petites lèvres. Je frissonnai malgré le feu trop proche. Il me léchait partant de mon clitoris jusqu'à l'ouverture de mon vagin qui se faisait de plus en plus grande. Je m'ouvrais à lui, prête à être dégustée sans restriction. Mes mains étaient crispées sur le manteau de la cheminée alors que je sentais les siennes atteindre leur but. Un doigt puis deux me pénétrèrent avec douceur, tandis que sa langue continuait son voyage. J'étais sur le point de jouir, tellement ses gestes étaient précis et réguliers.

— Gregor…, essayai-je de le prévenir.

Pour toutes réponses, il pressa ma cuisse légèrement. Je compris que je devais me laisser aller. Je fermai les yeux et ne pensai plus à rien, laissant mes sens agir pour moi. Ses doigts devinrent plus actifs et rapides, sa bouche prit mon clitoris entre ses lèvres et je ne pus retenir un instant de plus ma jouissance sous sa succion. L'intense explosion retentit de mon cerveau jusqu'au bas de mon corps, me parcourant de tremblements.

Une sensation d'apaisement envahit tout mon être. Je pliai les genoux, Gregor s'écarta et je le rejoignis sur le sol. Il me prit dans ses bras, les flammes se reflétaient dans ses yeux. Dieu que je l'aimais.

Notre attirance physique était égale à notre attirance mentale. Nous formions une parfaite harmonie de tous nos sens, tant intellectuels que charnels.

Sans équivoque, nous étions faits l'un pour l'autre.

Gregor me laissa vers quatre heures du matin. Nous avions pris rendez-vous pour le lendemain soir. Il avait désiré me voir pour déjeuner, mais j'avais prétexté un rendez-vous organisé de longue date que je ne pouvais absolument pas reculer.

J'allai devoir soit lui dire la vérité soit trouver de belles excuses si je voulais que notre relation dure, ce que je désirais plus que tout au monde.

Trente minutes après son départ, je me rendis chez Anton. J'avais besoin de me nourrir de sang à présent.

L'atroce vérité

J'étais revigorée. Je m'étais nourrie de tous les apports essentiels à ma vie : le sang et le sexe. L'amour était un plus qu'il allait falloir que j'apprenne à gérer.

J'avais dormi comme l'être repu que j'étais, dans mon cercueil au fond de la cave. À mon réveil, ma tasse de thé m'attendait dans mon boudoir. Les choses semblaient avoir repris leur cours normal.

Tout s'arrangeait, tout s'était arrangé avec le retour de Gregor. Finalement, l'amour était beau ! Anton avait raison, à condition bien entendu que rien ne vienne interférer dans ce sentiment, comme par exemple Monsieur Doyles.

Il était dix-sept heures, encore beaucoup trop tôt pour que je puisse sortir, alors je devais vaquer à mes occupations comme d'habitude.

Je pris un bain très chaud et discutai avec Léonie de tout et de rien. Elle était heureuse de me voir ainsi, de nouveau ouverte à la vie et aux autres. Rien à part mon attitude ne l'avait perturbée. Je m'étais trompée sur ce point. Ma vision de l'existence avait été détériorée par mes propres sentiments.

À dix-neuf heures trente, j'étais prête pour rejoindre Gregor chez lui. Léonie avait commandé un fiacre, m'évitant ainsi la pluie qui n'avait cessé de tomber depuis mon réveil.

Cette ville, ce pays me surprendrait toujours par l'instabilité de son climat. Hier il neigeait, et à présent la neige avait été balayée par la pluie. Une gadoue noirâtre recouvrait les trottoirs et la chaussée, une fois de plus.

Tout me paraissait beau malgré la grisaille. Je comprenais à présent ce que les gens amoureux dégageaient. Ce qui se voyait sur leurs visages radieux. Je ressentais cela à mon tour, et c'était fortement agréable.

Le fiacre me déposa au pied de la maison de Gregor. J'en descendis, le sourire aux lèvres. Je montai les marches rapidement, trop impatiente de revoir celui que j'aimais.

Je frappai doucement à la porte. J'entendis les pas de l'autre côté et reconnus une odeur bien familière qui n'avait rien à faire ici.

Un homme grand et fort vint m'ouvrir. Aucun sourire sur le visage. Je le reconnus immédiatement : Clayton, l'un des bras droits de mon maître.

Je rentrai, méfiante, dans le logement. Un regard rapide me fit découvrir Dracula installé derrière le piano et Gregor non loin assis sur une chaise, blême comme un mort. Puis, sortit de la cuisine ma fidèle servante Léonie !

— Que se passe-t-il ici ? demandai-je, comprenant fort bien la situation.

— Je crois, Nocturne, que c'est vous qui devez me donner des explications, répondit Dracula en se levant du piano pour aller se poster juste derrière Gregor.

Mon sang ne fit qu'un tour dans mon corps. Je regardai et jaugeai la situation en silence.

Il était évident que Léonie avait prévenu le maître des vampires. Pourquoi une telle trahison à mon égard ?

Jamais, au grand jamais il ne s'insinuait dans mes affaires. Qu'est-ce que ma servante était allée lui raconter pour qu'il fasse le déplacement depuis Londres ? L'évidence était que cela avait un rapport avec Gregor.

— N'ai-je pas le droit d'aimer ? demandai-je sans quitter des yeux celui que peut-être je ne reverrais jamais.

— Est-ce lui, celui que vous aimez ? questionna Dracula en posant les mains sur les épaules de Gregor qui grimaça.

— Oui…

— Aimer n'est pas le problème, Nocturne, dit-il en faisant un signe de la main à Clayton.

Le sous-fifre de Dracula s'approcha de Gregor et le souleva par le bras.

— Que…, commençai-je en m'avançant vers eux.

— Ne bougez pas ! m'ordonna mon maître.

Ils passèrent devant moi.

Gregor me jeta un coup d'œil. Il était tétanisé par la peur. Que s'était-il passé avant ma venue ? Que savait-il à présent de mon secret ?

— Où l'emmenez-vous ? demandai-je dans un sanglot.

— Loin de vous ! répondit simplement Dracula.

— Non ! criai-je.

La porte se refermait déjà sur Clayton, Gregor et Léonie qui les avait rejoints. Je me retrouvai seule avec Dracula.

— Asseyez-vous, m'intima-t-il.

— Pourquoi ?

Je n'avais pas d'autre choix que de lui obéir. J'étais horrifiée. Je ne supporterais pas une autre séparation. Qu'allait-il faire de lui ? Finalement, je l'avais quand même mis en danger, indirectement.

Dracula se mit à marcher de long en large dans le petit salon.

— Aimer n'est pas le problème, c'est la manière de le faire et la personne que l'on choisit d'aimer qui peuvent en devenir un.

— Je n'ai pas choisi ! Ne lui faites pas de mal.

— Je crains qu'il ne soit trop tard.

— Pourquoi ? En quoi cela vous intéresse-t-il ?

— Cela me concerne lorsque vos agissements inconsidérés arrivent jusqu'à mes oreilles.

— Que vous a raconté Léonie ?

— Ce n'est pas Léonie qui m'a parlé de ce Monsieur Doyles. L'homme que vous avez sauvagement assassiné, parce qu'il vous avait séparée de lui ! cria-t-il en pointant la porte du doigt.

— Qui alors ?

— Votre jeune disciple… Qui me doit beaucoup, et maintenant la vie.

Tous me trahissaient.

Il vint poser les deux mains sur les accoudoirs de la petite chaise de bois et me fixa. Je pleurais toutes les larmes de mon corps. L'idée de perdre encore à nouveau Gregor, et définitivement cette fois, me hantait déjà.

— Vous êtes mon enfant. Je vous ai élevée, et savoir que vous vous laissez mourir pour un humain, je ne le tolère pas !

— Mais, c'est faux !

— C'est trop tard, Nocturne ! Vous deviez gérer cette situation différemment.

— Comment cela ?

— Son absence ne devait pas vous atteindre à ce point. Léonie m'a tout raconté à propos des jours et des nuits à vous morfondre sans même vous nourrir, et refuser de l'aide.

— Elle…

— Oui, heureusement qu'elle me sert, moi, avant de vous servir, vous !

— La traitresse…

— Non, vous la remercierez un jour. Quand vous aurez repris vos esprits !

— Qu'allez-vous faire de Gregor ?

— Il est préférable que vous ne le sachiez pas.

Je tombai à genou sur le sol et m'accrochai aux jambes de Dracula.

— Pitié…

— Cessez de faire l'enfant !

Je relevai la tête vers lui.

— Je vous en prie. Ramenez-le-moi. Je ne le supporterai pas…

Il m'attrapa et me releva doucement.

— Vous vous en remettrez. Vous allez venir avec moi à Londres pour un temps. Celui de redevenir la Nocturne que je connais. Celle qui mord la vie à pleines dents. Celle qui est la plus belle de mes progénitures. Celle dont je suis fier et que je considère comme ma fille, finit-il en écartant tendrement les cheveux collés à mon visage par les larmes.

— Pas cela…

— Si ! C'est pour votre bien.

Il ne fut pas prononcé un mot de plus.

De retour, ici et maintenant,

Londres, Septembre 1888

Le thé était froid comme l'était ma vie. Je cherchais en vain une échappatoire à mon mal-être, mais sans cesse revenait en moi le souvenir de Gregor et cet amour que nous avions partagé pendant quelques mois.

Tout et tous s'étaient ligués contre nous. Je savais, hélas, que plus jamais je ne ressentirais pareilles émotions avec un être vivant.

Bien entendu, cela avait été dangereux. J'en étais consciente, encore plus aujourd'hui qu'hier, mais l'amour révéla un sentiment tellement nouveau et inattendu pour moi. Il m'avait submergée, sans me demander mon avis, s'insinuant dans mon corps comme une maladie incurable.

Mais malgré tout, ce corps allait bien, car Dracula me forçait à me nourrir en m'emmenant avec lui à des parties de chasse, mémorables, je dois bien l'avouer. Mais, le cœur n'y était pas. Dix longs mois venaient de s'écouler et rien n'avait changé. Mes sentiments ne s'étaient pas amoindris, bien au contraire.

Je vivais dans le souvenir des jours passés. J'avais pardonné à Léonie, car elle avait cru bien faire. Elle s'était tellement inquiétée de me voir ainsi. Et en toute vérité, si mon aveuglement me l'avait permis, je l'aurais été autant qu'elle, si ce n'était plus.

L'amour et les vampires n'étaient pas compatibles.

Le sexe et les vampires l'étaient.

Il me restait au moins cela, même si je n'avais plus fait l'amour depuis Gregor. Je n'en ressentais ni le besoin ni l'envie.

Peut-être qu'un jour Dracula me laisserait retourner à Bruxelles et en compagnie d'Anton, où je reprendrais mes anciennes activités.

Peut-être…

Pour le moment, rien n'était sûr. Je ne savais pas de quoi demain serait fait.

Le mensonge parfait

L'automne avait entamé son travail d'effeuillage. Le sol était recouvert d'un tapis orangé. Les senteurs de moisissures décuplées s'associaient à l'odeur fraîche du sang. Je me tenais à genoux au-dessus de celui que j'avais pourchassé durant deux heures. La tension était montée dans son corps alors que l'excitation de la traque s'était emparée de moi.

Cependant, je l'avais vidé en un rien de temps. Seul le fait de ressentir sa peur m'avait plu. Lorsque je l'avais attrapé, il était déjà résigné et prêt à mourir. Il n'y avait alors plus rien d'excitant.

Dracula réussissait à convaincre des hommes de venir me rencontrer, moi sa jeune nièce souffrante. Ils essayaient de me charmer, mais cela finissait toujours de la même manière, au grand dam de mon maître. Je les trainais dans les bois et leur laissais suffisamment d'avance pour qu'ils pensent pouvoir m'échapper.

La traque commençait et s'arrêtait bien vite, les pauvres bougres n'ayant ni ma vitesse ni ma force.

Dracula trouvait triste que cela ne m'amuse plus, mais pour moi il y avait bien plus chagrinant.

Je rentrai dans mes appartements vers les coups de minuit. Tout était silencieux de ce côté de la rivière. Léonie m'attendait, assise dans un fauteuil du salon mauve.

— Que se passe-t-il ? demandai-je, surprise.

Jamais elle ne prenait place ici. Jamais elle n'aurait osé, et pourtant, elle était là.

— Il y a quelque chose qui me persécute, commença-t-elle.

— Qui vous fait du mal ?

— Moi-même.

Je pris place sur le fauteuil de mon bureau et me tournai vers elle. Je ne comprenais pas ce qu'elle essayait de dire.

— Expliquez-vous, Léonie.

Elle soupira bruyamment et se mit à pleurer.

— Mais enfin, que se passe-t-il donc ?

— Tout est de ma faute, Mademoiselle.

— De quoi parlez-vous ?

— Gregor…

Juste le fait d'entendre son prénom me fit une peine immense. Je tâchai de ne pas montrer cette émotion qui me déchirait le cœur.

— Soyez plus précise. Je ne peux pas comprendre si vous parlez ainsi par énigmes, dis-je à ma servante.

Elle sortit un mouchoir de sa poche et l'utilisa bruyamment. Elle voulait gagner du temps. Que me cachait-elle ?

— C'est moi qui ai alerté Dracula.

— Je le sais…

— Vous ne m'en voulez pas ? demanda-t-elle en relevant la tête vers moi.

— Je vous ai pardonné, vous le savez bien.

— Je l'ai fait pour votre bien.

— Oui, c'est ce que vous et Dracula dites. Pourtant, moi seule peux dire ce qui est bon pour moi ou pas.

— C'est exact… Mais vous étiez tellement mal en point.

— Cela ne regardait que moi.

— Je sais…

— Puis, lorsque Gregor est revenu, tout allait pour le mieux ! ajoutai-je.

— Je ne pensais pas que cet amour perdurerait loin de lui. Chaque fois, que je vous parle de lui, vos sentiments n'ont pas changé. Alors, je dois vous avouer une chose importante.

— Une autre ?

— Oui, Mademoiselle, mais promettez-moi de n'en dire mot à quiconque.

Je la regardai, pensive.

— Promettez…

— Soit, je vous le promets.

— Même pas à votre maître.

Léonie commençait à m'inquiéter.

— Qu'avez-vous fait ?

— Moi, rien de plus que de donner l'alerte.

— Alors, quoi ? Allez-y maintenant, je perds patience.

— Il n'est pas mort, chuchota-t-elle.

— De qui diable parlez-vous ? demandai-je en me levant, car je ne pouvais pas croire ma première pensée.

— Gregor, Mademoiselle.

— Vous dites n'importe quoi ! Dracula m'a bien fait comprendre ce qu'il s'était passé ce soir-là.

Léonie me fixa et ajouta :

— Je vous le promets. Il est à Paris.

— Pourquoi Dracula m'aurait-il menti ?

— Vous êtes tout pour lui. Croyez-moi, il est bien incapable de vous faire du mal, à vous ou à ceux que vous aimez.

Je retombai sur ma chaise, abasourdie par une telle nouvelle.

Je ne savais que penser.

Je ne savais que ressentir.

Léonie trahissait Dracula, elle encourait la peine de mort pour cela, et pourtant elle prenait ce risque pour moi.

— Sortez, finis-je par lui dire, j'ai besoin de réfléchir.

Elle se leva et se planta devant moi.

— Il vit dans un appartement dans le quartier de l'Opéra.

— Comment savez-vous tout cela ?

— Nous l'y avons emmené avec Clayton.

— Vous voulez dire que c'est sous les ordres de Dracula que vous l'avez emmené là-bas ?

— Oui, Mademoiselle, finit-elle en exécutant une révérence.

Elle quitta la pièce comme je le désirais.

Mon esprit allait en tous sens. Je ne savais plus quoi penser, mais je savais ce que j'allais faire. Léonie m'aiderait dans ma tâche qu'elle le veuille ou non.

Gregor était en vie. L'amour de ma vie était vivant !

Pourquoi Dracula avait-il fait preuve de clémence envers celui qui anéantissait mon existence ? Il avait préféré l'éloigner de moi. Alors, pourquoi m'avoir laissé croire que mon amour était mort ?

Pourquoi s'attribuer un geste qui à jamais le ferait paraître l'être le plus odieux à mes yeux ? Je ne comprenais pas la manœuvre de mon maître. Tout cela était tellement illogique.

Ma stratégie - Mon espoir

J'avais passé le reste de la nuit à élaborer des plans, recherchant le meilleur. Il n'était plus question d'écrire les mémoires d'un amour disparu, puisque Gregor vivait.

Je connaissais bien Paris, mais le quartier de l'Opéra était immense. J'avais besoin que Léonie m'accompagne. Il ne fallait pas éveiller le moindre soupçon chez Dracula. Cela ne serait pas chose aisée, car mon maître me connaissait presque mieux que moi-même. Je savais que je ne devais pas rentrer dans les détails que je donnerais à Léonie, pour la protéger de lui. Moins elle en saurait, mieux elle se porterait.

Mais, quelle que soit ma destination, Dracula allait-il me laisser partir ?

J'allais devoir paraître devant lui comme étant guérie et pour cela j'allais leur mentir à tous. Je me donnais deux semaines pour acquérir de nouveau la confiance aveugle de mon maître.

Ainsi, il me laisserait un peu de liberté.

Je me dirigeai d'un pas décidé vers ses appartements. J'étais pleinement confiante avec le plan que j'avais fini par élaborer. Arrivée devant sa porte, je n'eus pas le temps de frapper qu'il me demandait déjà de le rejoindre à l'intérieur.

Il était installé derrière sa table de travail.

— Que se passe-t-il ? questionna-t-il, surpris de ma présence.

Depuis qu'il m'avait amenée ici, je n'étais jamais venue à sa rencontre. Je préférais me cloitrer dans mes appartements, ne cherchant à voir personne.

Je pris place dans le joli fauteuil en arc de cercle qui lui faisait face.

— Je me demandai si… nous pouvions sortir ce soir ?

— Tiens, tiens…, dit-il en posant la plume qu'il tenait en main.

Bien entendu, il faisait preuve de méfiance.

— Pourquoi un tel changement de comportement ?

— Je crois que ma convalescence a assez duré.

Il fronça les sourcils et se leva pour venir près de moi.

— Je m'ennuie, Dracula, ajoutai-je en levant les yeux vers lui.

— Il était temps ! Levez-vous, Nocturne, me demanda-t-il en me tendant la main.

Je la pris en souriant et me retrouvai presque dans ses bras.

— Où aimeriez-vous aller ?

— Je ne sais pas. Il y a des bars à absinthe dans votre Londres ?

Il sourit à ce trait d'humour, nous ramenant quelques mois en arrière lorsqu'il était venu me rendre visite à Bruxelles.

— Bien entendu, nous prenez-vous pour des demeurés ?

Il répéta ma phrase, mot pour mot.

— Je suis heureux de vous voir ainsi, dit-il en caressant ma joue, je passerai vous prendre plus tard, j'ai encore à faire ici. Faites-vous belle !

— D'accord, répondis-je, je ne vous décevrai pas.

— Je n'en doute pas un seul instant, conclut-il retournant à ses affaires.

Je ressortis de la pièce sentant son regard sur moi. Je repartis tranquillement, malgré une excitation intérieure intense, vers mes appartements.

À peine avais-je franchi le seuil de la porte que j'appelai Léonie :

— Préparez-moi un bain, je vous prie. Ce soir, nous sortons.

— Quelle tenue désirez-vous porter, Mademoiselle ?

— La robe rouge à volants et ma capeline de soie noire.

En me fixant, elle comprit que j'avais un plan, dont cette soirée constituait le premier acte. Elle s'engagea dans la salle de bains et j'entendis les sels tomber dans le fond de la baignoire. Avec l'aide de Léonie, ce soir aucun homme ne me résisterait.

Vers vingt heures, Dracula pénétra dans mon bureau. Je me levai pour l'accueillir.

— Vous êtes très élégant, lui dis-je en toute honnêteté.

— Et vous… magnifique !

Il me tendit le bras sur lequel je posai la main. Nous étions prêts à sortir dans Londres.

Un taxi fiacre nous attendait devant la porte. Mon maître m'aida à monter et nous partîmes, après qu'il eut parlé au cocher.

Je regardais la ville dehors, découvrant une architecture si différente de celle de Bruxelles. Un épais brouillard semblait absorber les passants et les maisons. La ville restait animée malgré cet homme qui tuait des femmes depuis plusieurs mois.

Heureusement, Dracula nous emmenait loin de ce tourment dans un quartier bien moins populaire que Whitechapel, où sévissait le tueur.

Le fiacre s'arrêta et la porte s'ouvrit. Un homme de noir vêtu nous invita à descendre. Je passai la première et attendis Dracula en observant autour de nous. La rue était bruyante en ce début de soirée.

Derrière nous se trouvait une grande bâtisse faite de briques : « *The Boodle's*[6] ». Plusieurs fenêtres étaient éclairées, mais la faible lueur qui s'en dégageait conférait à ce club une ambiance intime. Je percevais pourtant, une activité immense qui transpirait au travers de ces murs.

Nous entrâmes dans un long couloir calfeutré recouvert de moquette de pur style anglais. Sur les murs, étaient fièrement accrochés des tableaux représentant des scènes de chasse. Nous passâmes devant plusieurs portes sur notre droite, mais n'y pénétrâmes pas. Au bout du corridor, l'homme poussa une lourde porte en bois qui s'ouvrit sur une arrière-salle. Nous suivions toujours l'homme qui nous avait ouvert la porte du fiacre, vers une table ronde au fond de la pièce. Par chance, mon maître avait réservé. Si tel n'avait pas été le cas, nous n'aurions pu nous asseoir tellement l'endroit était comble.

Une fumée planait au-dessus des tables joliment décorées, provenant de bon nombre d'hommes, pour ne pas dire tous, qui tiraient sur leur cigare. L'ambiance générale que

---

[6] Gentlemen's Club fondé en 1732, situé au 28 St James's Street, Londres.

créaient les lampes était cosy et mystérieuse. Il devait assurément se conclure ici des contrats à l'abri des regards et oreilles indiscrets. Nous nous installâmes à notre table.

Cet endroit était gigantesque. D'où nous étions, nous avions une vue d'ensemble fort utile. Nous pouvions voir les dangers arriver, mais aussi faire notre choix parmi les hommes présents pour nous nourrir. Très peu de femmes étaient présentes, moult regards masculins se portaient donc sur moi. Il y avait bien longtemps que je ne m'étais pas sentie désirée de la sorte.

— Drôle d'endroit, certainement pas pour une femme, chuchotai-je à Dracula.

— Quelques femmes et vous êtes tolérées…

— Que voulez-vous dire ? Ai-je l'air d'une catin ?

Il se tourna vers moi, quelque peu surpris de ma question.

— Ne vous méprenez pas !

— Expliquez-moi, dans ce cas.

— Ce café est presque exclusivement réservé aux hommes. Les rares femmes pouvant y entrer sont celles qui ont réussi à atteindre des sommets dans le monde des affaires londoniennes.

— Mais, ils ne me connaissent pas.

— Vous êtes avec moi, je me porte garant de vous.

— Je ne comprends toujours pas.

— Ils ne vous dévorent pas des yeux pour votre beauté extérieure, mais pour ce que vous représentez par le simple fait d'être admise ici.

— Vos coutumes anglaises sont étranges.

Il éclata de rire, ce qui ramena une fois de plus les regards vers nous.

— Et que pensez-vous qu'ils croient que je sois ? insistai-je.

— Assurément quelqu'un de très intelligent !

— C'est juste parce que je vous accompagne.

— C'est faux.

— N'ont-ils pas besoin de plus de détails ?

— Non, votre présence suffit.

— Soit…, conclus-je.

Lentement, je parcourus la salle du regard, certains individus inclinaient légèrement la tête avec élégance lorsque nos yeux se croisaient.

— Est-ce ici que nous allons nous nourrir ?

— Non, nous allons juste boire, ensuite nous irons faire une promenade le long de la Tamise.

— Cette perspective m'enchante bien plus.

— Oui, je le sais. J'ai un rendez-vous dans — il regarda sa montre à gousset — dix minutes. Vous aviez tellement envie de sortir et cela faisait si longtemps que je n'ai pas voulu vous faire attendre plus longtemps. Je pensais que cette sortie vous ferait le plus grand bien.

— Et vous avez raison…, ajoutai-je en posant ma main sur son bras.

Un serveur à l'allure très distinguée vint prendre notre commande.

— Deux verres de gin, s'il vous plaît, demanda Dracula.

L'homme repartit vers le bar préparer nos consommations.

— Qu'est-ce que cela ? demandai-je.

Je n'avais jamais entendu parler de cette boisson.

— C'est un alcool fort prisé par les Anglais. Vous allez adorer.

— N'avions-nous pas parlé d'absinthe ?

— Ma chère, commença-t-il en fronçant les sourcils, tant qu'à se trouver en Angleterre, autant se plier aux coutumes locales, ne trouvez-vous pas ?

— Vous avez parfaitement raison !

Mon plan de reconstruction de la confiance de Dracula envers moi marchait à merveille. Il semblait ravi de ma présence, de ma répartie et de mon attitude. Pour tout avouer, je n'étais pas vraiment enchantée de me trouver là et de laisser tous ces hommes me regarder ainsi. Je n'étais pas dupe, ils ne s'attardaient pas sur mon intelligence, mais Dracula avait été gentleman et flatteur de m'avoir conduite ici.

Le serveur revint et posa deux petits verres devant nous. Dracula prit le sien et se tourna vers moi.

— Trinquons !

— Avec joie, dis-je en le portant à mes lèvres.

Je bus une petite gorgée et manquai de m'étouffer. Je portai la main à ma bouche pour tousser le plus discrètement possible.

Dracula but le sien cul sec en souriant.

— C'est horriblement fort !

— C'est un endroit réservé aux hommes…

— Me taquinez-vous ?

— Avec délice, oui.

Un homme arriva devant notre table. Grand, les cheveux camouflés par un haut-de-forme qu'il souleva lorsque Dracula m'introduisit à lui. Les présentations furent rapides, puis il prit place face à mon maître et débuta un monologue.

C'était un détective privé du nom de Roberts. Il venait faire son rapport à propos du chasseur de vampires et des ravages que ce dernier perpétrait dans notre communauté à Londres. À en croire ses dires, Dracula avait eu raison de s'inquiéter et je comprenais à présent son déplacement en personne, en Belgique, pour m'avertir du danger.

Cependant, Roberts conclut sur une bonne nouvelle : le chasseur était parti le matin même vers l'empire austro-hongrois, à Vienne plus précisément, sur la foi de ses informateurs. Sur ce dernier renseignement, il prit congé.

Le serveur nous rapporta un second verre, suite à un signe de main de Dracula à son intention. Nous le bûmes pour célébrer le départ du prédateur.

Dracula reposa son verre et se pencha vers moi.

— Une promenade digestive vous tente ?

— Avec grand plaisir.

Nous nous levâmes et quittâmes les lieux.

Nous n'étions pas loin de l'endroit où nous allions devoir donner l'impression de prendre l'air. Le café portait bien son nom. Deux rues plus au nord et nous étions face à la Tamise.

Bras dessus bras dessous, nous commençâmes notre balade qui n'en était pas une.

— Allons-nous rencontrer du monde, ici ? demandai-je, car l'endroit me paraissait désert.

— Ils vont arriver. Ne soyez pas impatiente, Nocturne.

— Je ne le suis pas.

— Un petit peu. Votre attitude végétative des derniers mois vous a rendue… empressée. Sachez apprécier l'attente et ensuite la traque, la pression mise sur les sujets.

— Vous êtes dans le vrai, pardonnez-moi.

Il exerça une pression de la main sur mon bras. Je tournai la tête vers lui et vis qu'il souriait.

— Je vous retrouve…

— Je me retrouve moi-même.

— Il était temps de faire une croix sur l'épisode douloureux que vous venez de vivre.

Je l'écoutai, me demandant pourquoi il persistait dans son mensonge.

— Me pardonnerez-vous un jour ? finit-il par me questionner.

— Je ne serais point à votre bras, si tel n'était pas le cas.

— Je suis heureux de vous l'entendre dire.

— Le ressentir est le plus important.

— Vous êtes perspicace…

— L'une des raisons de votre affection pour moi.

— L'une… oui, ajouta-t-il.

Un homme seul marchait à notre rencontre. Il venait d'apparaître du brouillard plus épais sur les bords de l'eau. Dracula me lâcha si vite que je n'eus pas le temps de réagir, pas plus que l'homme, d'ailleurs. Il se jeta sur sa gorge comme une bête et le souleva de terre. Il le vida en moins de temps qu'il ne le fallait pour le dire et le jeta dans l'eau comme un vulgaire détritus.

Je m'approchai de Dracula.

— Parliez-vous de patience ?

Il revint à mon bras en silence. Au bout de quelques minutes, il ouvrit de nouveau la bouche.

— Il fallait saisir l'opportunité. Le prochain est à vous.

— Ou la prochaine, je vous trouve bien misogyne ce soir, dis-je en souriant.

— Vraiment ?

— Un petit peu, finis-je en souriant.

Cette taquinerie constante envers moi était un trait de Dracula que j'adorais. Je savais que ma répartie avait fait partie de cette lueur dans mon regard, cette nuit-là dans la ferme de mes parents.

Cette fois, une femme pointa son nez en dehors du brouillard. Quelle imprudente de se promener seule ici à la nuit tombée. Je m'approchai d'elle avec plus de finesse que Dracula avant moi. Elle leva la tête vers moi, surprise de notre soudaine proximité, mais le brouillard favorisait ce type de rencontre. Elle me sourit au moment où j'attrapai ses cheveux avec brutalité. Je sortis mes crocs et entamai sa gorge avec voracité. Son sang s'empara de moi, répandant la sauvagerie contenue durant des mois dans mon esprit. Je sentis sa main sur mon épaule durant quelques secondes de lutte inutile, puis elle devint molle et s'écroula sur le sol.

L'impact du corps fit un petit bruit sourd. Je me penchai vers lui pour le soulever et l'envoyer rejoindre celui de l'homme, lorsque j'entendis un coup de sifflet se rapprocher. Un policier sortant du brouillard fonçait droit sur moi. Je lâchai la dépouille de la femme et allai à sa rencontre d'un pas décidé. Je ne lui laissai aucune chance de parler ou de s'en sortir en me jetant toutes griffes dehors sur lui. Il en avala l'objet qu'il avait en bouche, je le débarrassai de son sang avant qu'il ne meure étouffé.

D'autres pas à vive allure se rapprochaient. Des hommes couraient. Combien étaient-ils ? Dracula vint près de moi. Nous étions prêts à livrer une bataille sur les rives de la Tamise, comme peut-être jamais cet endroit n'en avait vécu. Un carnage allait avoir lieu, pourtant nous étions bien loin de Whitechapel !

Les nuits rouges

Dracula avait réveillé en moi mes instincts les plus primaires. Ce qui au début faisait partie de mon plan devint une vraie envie. Je ne faisais plus semblant pour lui plaire et me laisser le champ libre pour retrouver Gregor. Je prenais, réellement, un plaisir non feint à chasser et pourchasser mes proies durant des heures.

Mon besoin de sang frais était revenu comme avant ma rencontre avec Gregor, même s'il ne sortait pas de mon esprit et de mon cœur. Je faisais cela pour moi, mais aussi pour lui.

Deux fois par semaine, mon maître organisait une chasse en bonne et due forme. Il conviait les vampires de sa cour à venir y participer. Un lâcher d'hommes et de femmes avait lieu sur les coups de minuit dans le parc clos qui entourait la propriété.

Il avait formé des binômes. Je le soupçonnais de vouloir faire réapparaître mes envies charnelles après avoir réactivé celles du sang. Mon allié de chasse se prénommait Graham. C'était un vampire d'une centaine d'années, venant du comté de Devon, doté d'un humour sans pareil. Il était grand et mince, des cheveux bouclés remontant sur le crâne à la manière d'un ressort et une queue de cheval qui retombait gracieusement dans le dos. Ses yeux étaient d'un noir profond où il était bien difficile de distinguer la moindre émotion. Il était cruel envers les humains et donc fort doué pour la chasse.

C'était la troisième fois que nous faisions équipe et nous nous étions vus dans Londres suite à des rencontres fortuites. Le hasard faisait parfois bien les choses, mais ici il n'avait pas sa place. Ce plan était élaboré par Dracula, cela m'apparaissait telle une évidence.

Afin de finaliser mes propres desseins, je me demandais si je devais succomber à ses avances et ainsi paraître totalement guérie aux yeux de mon maître. Léonie en toute bonne foi, me le conseilla vivement.

Dracula venait de donner le départ de la traque. Nous nous engageâmes dans un sentier sur la gauche de la grande maison. Je tournai la tête vers les fenêtres et y vis Léonie qui nous observait. Elle me fit un signe de tête. Elle était devenue plus qu'une simple gouvernante pour moi : une amie qui s'attelait à mener à bien le plan, sans en connaître les détails, qui me mènerait à Gregor. Son soutien m'était essentiel.

Nous marchions tranquillement, laissant une avance considérable à ceux qui, de toute façon, ne pouvaient échapper à leur sort.

— Pourquoi délaissez-vous la côte pour venir en chasse ici ? lui demandai-je.

— Ai-je le droit de refuser une invitation de notre maître à tous ?

— Non, vous avez raison. Jusqu'à quand allez-vous rester à Londres ?

Une femme passa devant nous en courant, nous l'ignorâmes complètement.

— Le temps qu'il sera nécessaire.

— Pour ?

— Atteindre le but qu'il m'a fixé.

— Parlons-nous d'affaires ?

Il s'arrêta et me fixa avant de répondre.

— Bien entendu.

— La mer ne vous manque-t-elle pas ? demandai-je en passant le bras sous le sien, tandis que nous reprenions notre route.

— Énormément, si... Aimeriez-vous venir passer un séjour dans le Devon ? questionna-t-il à son tour en posant la main sur la mienne.

Je pris quelques secondes pour répondre par une autre question.

— Vous a-t-il demandé de me séduire, Graham ?

— Non...

Je restai silencieuse, attendant une suite. Nos pas dans les feuillages détrempés par la pluie incessante à Londres faisaient des bruits ressemblants à une succion.

— ... uniquement de vous distraire. Il a peur de votre ennui.

— Oh ! Je me suis fourvoyée. J'ai cru qu'il vous jetait dans mes bras.

Je sentis son amusement.

— Êtes-vous déçue du contraire ?

— Absolument pas, mon cœur n'est pas à prendre.

— Qui parle de cœur ?

— Graham !

Cette fois, il s'arrêta et me fit face. Le noir de ses yeux commençait à être parsemé de lueurs jaunes. Le vampire qui sommeillait en lui prenait vie. Il posa ses deux mains sur mes bras. Nous étions si proches, je me sentais piégée et pourtant tellement attirée.

— Nous avons le pouvoir de lui mentir ou de nous mentir. La décision vous revient, Nocturne. Nous pouvons être amis, nous pouvons être amants, mais en aucun cas faire quelque chose que nous regretterions jusqu'à la fin de nos existences.

Je ressentis un soulagement immense. Graham ne voulait pas casser le lien qui nous unissait, même s'il était récent et originellement créé et dicté par Dracula. Tendrement, je plaçai la main sur son visage et lui souris.

— Je vous remercie.

Il baissa la tête vers moi et posa un baiser sur mes lèvres, auquel je répondis. Des sentiments contradictoires remplissaient ma tête. Il y avait une limite si fine entre l'amour et l'amitié. Le rapprochement était le même, seuls les actes différaient. Rien ne nous interdisait la tendresse. Je me blottis contre lui et fermai les yeux, très heureuse d'avoir trouvé bien plus qu'un complice de chasse.

Nos émotions passées, nous devions à présent nous mettre en route pour assouvir notre soif qui s'était exacerbée par ce moment intense de communion. Le sourire aux lèvres, nous partîmes dans une course folle vers notre repas.

Libération

Ma réhabilitation aux yeux de Dracula durait depuis de longues semaines et déjà l'hiver nous offrait des paysages blancs. Les jardins étaient magnifiques, étincelant sous les rayons de la lune en cette nuit du 3 décembre 1888.

Plus tôt dans la soirée, Graham était venu me dire au revoir. Sa tâche était terminée et visiblement son maître satisfait des résultats. Il me promit de venir me voir en Belgique lorsque je serais autorisée à y retourner. Ce qui je l'espérai arriverait bientôt, et réitéra son invitation dans son domaine, en bord de mer, avait-il précisé.

Nous nous étions longuement enlacés alors que je le remerciai une fois de plus, mais pas de trop. J'étais sincèrement navrée de son départ, mais cet événement me donnait le coup d'envoi de l'acte final de mon plan : partir d'ici et retrouver Gregor.

J'arrivai dans le petit salon et y trouva Dracula en train de lire le journal. « *Jack l'Éventreur* » faisait toujours autant parler de lui. Cet homme était introuvable et l'enquête piétinait ce qui n'était pas en faveur de la réputation du « *Metropolitan Police Service* ».

Je pris place dans un fauteuil près de lui. Il tendit son bras et caressa mon bras comme un père pouvait le faire.

— Ne soyez pas triste du départ de Graham.

— Un peu quand même, il est un bon compagnon de chasse et il est devenu un ami très cher à mon cœur.

— J'ai cru le comprendre.

— Merci de tout ce que vous avez fait pour moi.

Il posa son journal et fixa son regard dans le mien.

— Vous désirez repartir, c'est cela Nocturne ?

— Si vous me le permettez, j'aimerais, oui, retourner à Bruxelles. Je suis là depuis presque une année. J'ai compris la leçon.

— Je l'espère, car je pourrais ne pas être si indulgent la prochaine fois. Il y a un bateau en fin de semaine qui fait la traversée au départ de Douvres. Clayton vous y accompagnera, vous et Léonie.

— Je vous remercie, répondis-je en me levant.

J'allais m'asseoir sur l'accoudoir de son fauteuil. Il passa une main autour de ma taille.

— Ne recommencez plus vos enfantillages, je vous prie.

— Je vous le promets, maître.

Il pinça ma fesse, là était sa manière de me dire que l'entrevue était terminée. Je me levai et quittai la pièce. Arrivée dans le couloir et loin de son regard, je courrai presque annoncer la bonne nouvelle à Léonie.

Nos bagages furent prêts en temps, nous essayions de ne pas montrer d'empressement malgré une furieuse envie de partir. J'étais sincèrement heureuse de quitter son manoir, pour Gregor, mais aussi parce que Bruxelles me manquait à mourir. De plus j'avais quelques comptes à régler dans la ville de ma vie.

Comme prévu, le vendredi soir nous embarquâmes sur le bateau qui devait nous conduire sur le continent. Dracula s'était chargé des billets. Notre destination était le port d'Anvers, en toute logique puisque nous rentrions chez nous.

Le voyage se passa à merveille, malgré la disparition d'un homme. Je n'avais pas su réfréner mon envie de sang. Dracula m'avait réhabituée à me nourrir selon mes besoins et surtout mes envies. Je n'avais pu résister à cet homme plein de charmes qui m'avait accosté durant le repas.

Nous quittions le port d'Anvers et arrivâmes avant le lever du jour à Bruxelles. Je reprenais possession des lieux, m'imprégnant de l'odeur particulière que me renvoyait cette ville. J'étais ravie d'être là, mais aussi remplie d'une nostalgie liée à Gregor.

Avec Léonie, nous passâmes la journée à nous préparer pour la seconde partie du voyage. Celle qui était la plus importante à mes yeux. Nous ne prîmes que peu d'affaires, je ne comptais pas rester à Paris, mais plutôt trouver Gregor et le ramener avec nous, s'il m'aimait toujours et s'il était d'accord avec mon plan.

Mon amour pour lui n'avait pas faibli un seul instant.

Vers dix-neuf heures sous une neige tombante, nous quittâmes Bruxelles et prenions la route en direction de Paris, quartier de l'Opéra.

Paris, Décembre 1888

Paris était extrêmement belle en cette période de Noël. Il y avait bien longtemps que je n'y avais pas mis les pieds. Je me sentais légère et très angoissée dans le même temps. Sentiment étrange, j'avais peur de revoir Gregor. Je ne savais pas ce qu'il pensait de moi, de ce que j'étais. Comment avait-il vécu cette rencontre peu commune avec le maître des vampires ? Comment avait-il vécu notre séparation ?

Toutes ces questions prenaient une place monumentale dans mon esprit, mais je sentais au plus profond de moi que tout allait bien se passer.

Et puis, en cas de doute, Léonie était là. Elle m'écoutait et me soutenait. Cette fois il n'était plus question de trahison, pas envers moi. Elle avait enfin compris, durant notre séjour chez Dracula, l'amour sincère que je ressentais pour Gregor. Le déchirement que notre séparation me faisait vivre.

Nous nous apprêtions dans cette chambre d'hôtel tout proche de l'Opéra que j'avais pris pour deux nuits.

Dans quelques heures si tout allait bien, j'allais revoir Gregor. Plus le temps passait, plus j'angoissais sur le dénouement de nos retrouvailles.

Son amour avait-il survécu à ces mois séparés de moi, dans cette ville truffée de tentations à chaque coin de rue ? Parviendrait-il à dépasser sa peur de Dracula – et le voulait-il seulement ? Qu'avait-il fait durant cette longue séparation ?

Léonie tentait de me réconforter et de me donner la force d'aller jusqu'au bout de mes rêves.

– Vous ne pouvez pas abandonner si près du but, lança-t-elle en m'aidant à me vêtir.

– Bien sûr que non. Je n'ai pas fait tout cela pour rebrousser chemin. J'ai juste peur de ce qu'il va se passer.

– Tout va bien se dérouler, croyez-moi.

Je me tournai vers elle.

– Comment en êtes-vous si certaine ?

– J'ai vu son regard et l'amour qu'il vous portait. Pourquoi cela aurait-il changé ?

– L'éloignement, la vie parisienne…

– Cessez cela et laissez-moi vous faire belle.

– Bien. Vous avez raison Léonie, je suis stupide.

– Non, Mademoiselle, vous êtes éperdument amoureuse. Mais, vous vous en êtes sortie avec Dracula, le plus difficile est fait. Faites-moi confiance.

– Je m'incline, finis-je en lui souriant.

Aux environs de dix-huit heures trente, nous sortîmes de l'hôtel. D'après Léonie, son appartement se trouvait à tout au plus dix minutes à pied de l'endroit où nous nous trouvions.

Le froid me fit du bien, revigorant mes sens et mon humeur. Léonie n'avait pas menti, puisque nous nous retrouvâmes en bas de son immeuble en très peu de temps.

— Allez-y, c'est au premier étage. Je vous attendrai dans le café ici, me dit-elle en me montrant une enseigne ouverte.

Je ne répondis rien et poussai la porte en bois. Face à moi, un couloir étroit et sombre. Je distinguai à son extrémité un escalier en colimaçon. Je passai devant les boîtes de courrier et posai mon doigt sur l'étiquette au nom de Gregor. Puis, je repris mon chemin. Il n'y avait aucune lumière. Cet endroit était bien plus modeste que son logement de Bruxelles. J'avais de la peine pour Gregor, voyant ce que Dracula lui faisait subir.

J'arrivai devant l'unique porte du palier. Rien ne m'indiquait qu'il logeait ici, sauf les informations de Léonie. Je retirai mon gant et frappai à la porte. J'entendis une chaise grincer sur le parquet et des pas s'avancer dans ma direction.

— Oui…, dit-il en ouvrant la porte, puis il s'immobilisa en me fixant comme si j'avais été un fantôme.

Il était tel que le souvenir que j'avais gardé de lui. Je sus à cet instant que ma vie sans lui ne valait plus la peine d'être vécue. En silence, il prit ma main et me fit pénétrer dans l'appartement.

Toujours sans le moindre mot, il posa ses mains sur mon visage. Son corps se trouvait seulement à quelques centimètres du mien. Ses pupilles bougeaient en tous sens alors qu'il fronçait les sourcils. Je compris à cet instant que mon désarroi avait été partagé durant cette longue séparation. Léonie avait raison.

Il avança son visage vers le mien, me donnant ainsi l'autorisation que j'attendais. Je rapprochai mes lèvres des siennes et y posai le baiser de notre vie. Celui chargé d'amour à l'infini. Il me prit dans ses bras et pour la première fois depuis presque une année, nous mélangeâmes nos saveurs dans un baiser passionné où aucun mot n'était utile ou possible. Son goût et son odeur m'avaient tellement manqué.

Cela dura une éternité, puis nous finîmes par nous enlacer. Quoi qu'il pût se passer à partir de cet instant, plus rien ni personne, sauf la mort, ne me séparerait à nouveau de Gregor. Je m'en fis le serment.

Il se détacha de moi tendrement et s'empara de ma main. Je le suivis dans ce couloir pour arriver dans un grand salon au milieu duquel trônait un piano.

Je m'étais trompée : l'immeuble ne payait pas de mine, son entrée encore moins, mais l'intérieur de cet appartement était grandiose.

— Je vous ai cru mort durant des mois, jusqu'au moment où Léonie m'a avoué la vérité : le mensonge de Dracula. Alors à partir de cet instant, j'ai tout mis en œuvre pour vous revoir, lui dis-je alors que nous prenions place sur une méridienne similaire à la mienne.

Se souvenait-il de nos ébats chez moi ?

— Comment m'avez-vous retrouvé ? me demanda-t-il en prenant tendrement ma main.

— Grâce à Léonie…

Nos visages se touchaient presque, chaque mot que nous prononcions nous embaumait de l'odeur de l'autre.

— Ne vous a-t-elle pas trahie ?

— Pour mon bien, du moins c'est qu'elle avait cru, à tort.

— Qu'est-ce qui a fait qu'elle a changé d'avis ?

— Mon amour pour vous…

Ma phrase à peine terminée, il m'embrassa une nouvelle fois. Je serrai ses doigts dans ma main. Plus jamais, non plus jamais, nous ne serions séparés. Cette certitude revenait sans cesse dans mon esprit.

Nous nous séparâmes de quelques centimètres afin de reprendre notre conversation.

— Vous ont-ils fait du mal, Gregor ? demandai-je alors que nos yeux et nos mains ne pouvaient plus se quitter.

— Ils m'ont fait peur, mais ne m'ont pas touché. Je crois que Léonie était là pour me rassurer, elle est humaine. Ensuite ils m'ont expliqué ce qu'ils étaient. Ce que vous étiez, Nocturne. Mais, cela ne change rien pour moi. Je vous aime d'un amour fou et surtout... Je n'ai aucune crainte en votre compagnie. Pourquoi me feriez-vous du mal ?

— Jamais je ne vous ferai le moindre mal, Gregor, je vous le promets.

— Je le sais. Je le ressens.

— Dracula me croit en Belgique, je ne peux rester trop longtemps à Paris. Accompagnez-moi...

— Il m'a fait promettre, contre ma vie, de ne plus remettre les pieds à Bruxelles ou même d'essayer de vous revoir. Je crains que ce voyage ne me soit interdit, dit-il en se levant.

Je me levai à mon tour et me positionnai derrière lui.

— Je vous protégerai, Gregor.

— Je doute que cela soit possible, dit-il navré en se retournant face à moi sans cacher les larmes qui coulaient le long de ses joues, il est très puissant et j'avoue qu'il me terrorise.

— Si nous sommes ensemble, il ne vous fera aucun mal. Je vous protégerai jusqu'au jour où Dracula comprendra qu'il ne sert à rien de vouloir nous séparer.

— Pourquoi prendre de tels risques ?

— Je vous aime. Ma vie sans vous n'a plus aucun goût, plus aucune saveur. Pour exister, il faut aimer. Vous m'avez fait découvrir ce sentiment, en aucun cas je ne pourrai le partager avec quelqu'un d'autre que vous.

Il se colla à moi et posa une main sur ma tête. Il était en pleine réflexion et très soucieux.

— Vous ne voulez plus de moi ? finis-je par lui demander en relevant les yeux vers lui.

Les traits de son visage reflétaient une grande inquiétude.

— Ma vie sans vous n'est rien. La vie avec vous m'a été interdite. Que dois-je faire ?

— Me suivre.

À ce moment précis, quelqu'un frappa à la porte. Gregor sursauta. Il était terrifié.

— Attendez-vous quelqu'un ? m'enquis-je.

— Non !

— Restez ici, je vais voir.

Je me faufilai en silence jusqu'à la porte d'entrée et entendis comme un murmure.

— Mademoiselle… Mademoiselle.

— Léonie ? dis-je en ouvrant.

— Excusez-moi de vous déranger, mais nous devons partir. J'ai vu Clayton rôder près d'ici.

— Nous a-t-il suivies depuis Londres ?

— Je ne sais pas.

Gregor vint nous rejoindre à la porte que j'ouvris en grand.

— Monsieur, dit Léonie en faisant une brève révérence.

— Léonie, répondit-il poliment.

Puis, ma servante se tourna vers moi.

— Je vous en prie, hâtons-nous…

Je me retournai face à Gregor qui fixait toujours Léonie.

— La décision vous appartient, mais elle doit être prise à l'instant.

Il semblait perdu, ce que je comprenais parfaitement.

— Mes affaires ?

— Nous les ferons chercher. Nous n'avons plus de temps à perdre.

— Soit, finit-il par dire.

Nous dévalâmes les escaliers. Arrivée à la rue, Léonie passa devant pour s'assurer que Clayton ne soit pas là. Elle nous fit sortir et nous prîmes le chemin de l'hôtel. Je tenais la main de Gregor. Elle était gelée. Il était terrorisé. Mon égoïsme faisait vivre un véritable enfer à cet homme. Mais, loin l'un de l'autre, nous n'étions plus que l'ombre de nous-mêmes.

Pour le moment la peur le tétanisait, il était donc préférable que je prenne les initiatives. Bientôt, notre vie s'arrangerait et nous pourrions vivre notre amour au « *grand jour* », si je puis dire. Sans tarder, nous prîmes la route du retour. Dans le fiacre, Gregor essayait de se détendre en parlant de tout et de rien. Il aurait besoin de temps pour faire confiance à Léonie, qui après tout l'avait quand même kidnappé et été complice de Dracula.

Les heures que nous passâmes sur le trajet nous ramenant en Belgique le furent main dans la main. Nous nous souriions chaque fois que nos yeux se trouvaient.

Les jours à venir n'allaient pas être simples, mais nous étions à nouveau réunis, et c'était la seule chose qui comptait pour nous deux.

Arrivé à Bruxelles, Gregor s'installa chez moi puisqu'il n'y avait plus d'appartement. Nous étions en dehors de toutes convenances.

Notre voyage ainsi que les émotions ressenties lors de nos retrouvailles interrompues par le danger nous avaient énormément fatigués, plus mentalement pour moi que physiquement, mais le résultat était là, nous étions épuisés.

Léonie eut la gentillesse de nous prêter sa chambre afin que nous puissions dormir confortablement enlacés. Ce que nous fîmes, toutefois avec l'esprit tourmenté.

Nous n'avions pas revu Clayton, ni à Paris ni sur le chemin du retour. Peut-être que Léonie l'avait confondu avec quelqu'un d'autre, ce dont je doutais même si l'idée m'avait traversé l'esprit.

Je regardai Gregor dormir, il était si beau. J'avais une envie folle de le réveiller et faire l'amour avec lui. Mais je repoussai mes envies pour un peu plus tard. Un danger rôdait autour de nous et le moment n'était pas aux futilités, aussi agréables soient-elles, et aussi lointaine fut notre dernière étreinte.

Le matin arrivait, par prudence je descendis dans mon boudoir me mettre à l'abri des rayons de soleil et laissai mon amour se reposer, reprendre des forces.

Léonie s'affairait déjà dans la cuisine. Elle devait préparer un petit déjeuner, chose qu'elle n'avait pas souvent l'occasion de faire.

Durant notre longue absence, la maison avait été entretenue par les serviteurs d'Anton. Elle sentait bon le frais et la propreté était impeccable. Je devais l'en remercier, ceci constituerait l'excuse parfaite pour aller le voir.

J'avais réfléchi durant la nuit à un nouveau plan : celui de notre survie et de l'acceptation par Dracula de Gregor et notre amour.

Bruxelles, Décembre 1888

J'avais expliqué à Léonie et Gregor ce que je comptais faire dans les prochaines heures. Ils étaient tous les deux très intéressés par mon idée. Je devais me rendre seule voir la seconde personne qui, il y a un an, m'avait trahie pour « *mon bien* ».

Je démontrerais à tous ceux qui n'avaient pas cru en cet amour qu'ils avaient eu tort !

Je confiai Gregor à Léonie. Elle allait ainsi pouvoir lui parler de tout ce qu'il voudrait savoir qu'il ne savait déjà sur moi ou les vampires. J'avais demandé à ma gouvernante de n'omettre aucun détail, car je voulais que plus rien, jamais, ne soit caché à celui qui allait partager un moment de mon existence. Je les laissai dans le petit salon, installés face à la cheminée, prêts à dîner un superbe homard cuisiné durant la journée par ma servante.

J'embrassai tendrement Gregor et les quittai.

J'arrivai tranquillement chez Anton. Mon but était simple : il devait se faire pardonner de sa trahison, donc il ne pouvait qu'être d'accord avec moi. Il devait impérativement adhérer à mon plan, sinon ses jours seraient comptés.

Je l'avais créé, transformé. J'avais répondu favorablement à sa demande, à lui maintenant de me rendre la pareille.

Je montai les quelques marches du perron et actionna le carillon. Je vis l'ombre imposante de son majordome arriver à la porte. Il m'ouvrit et me fît entrer.

Au moins, Anton n'avait pas donné l'ordre de m'empêcher de pénétrer dans sa demeure. Si tel avait été le cas, son majordome, aussi grand soit-il, n'aurait été pour moi qu'une simple formalité. Ce qui aurait été dommage, car je l'appréciais. Il me montra de la main la voie à suivre pour trouver Anton.

Il se trouvait dans la bibliothèque. La maison avait changé, la luminosité extérieure avait été étouffée par de grandes tentures recouvrant chaque fenêtre. Il se leva à mon entrée, affichant un visage rayonnant. Il n'avait pas changé en un an.

— Nocturne, quelle agréable surprise ! lança-t-il en venant m'accueillir.

— Anton, je vois que cela se passe bien pour vous.

Son baiser sur ma joue n'avait, lui non plus, pas changé, toujours aussi sincère et chaleureux. Puis, il me regarda sous toutes les coutures, si bien que cela en devint gênant.

— Aimez-vous les femmes à présent ?

— Non.

— Alors, cessez de m'observer de la sorte.

— Vous êtes toujours la même !

— Pourquoi aurais-je dû changer ?

— Londres, son climat et la proximité de Dracula. Venez, prenons place. Je vous sers quelque chose ?

Je souriais à l'évocation ouverte de sa trahison.

— Volontiers, je prendrai comme vous.

Il me tendit un verre de cognac, sa boisson favorite.

— Racontez-moi, Nocturne...

— Ne savez-vous rien ? demandai-je, surprise.

— Non, comment le pourrais-je ?

— Votre intimité avec mon maître...

— Je n'ai pas eu d'autre choix que d'agir ainsi. Et pour mon bien, je ne l'ai pas revu.

— On a toujours le choix, Anton. J'avais celui de vous transformer ou pas. Celui de vous apprendre ou pas et aussi celui de vous faire confiance. Vous avez trahi cette confiance en appelant Dracula.

— C'est Léonie qui a fait cela, se défendit-il.

— Avec votre appui. Je suis au courant de tout. J'ai eu une longue année pour me tenir informée.

Il but son verre d'une traite et me demanda :

— Êtes-vous ici pour me tuer ?

— J'avoue que je ne sais pas encore...

— Vous avez besoin de moi...

— Uniquement que vous vous fassiez pardonner.

— Comment ?

Je déposai le verre sur la table et observai Anton.

— Puis-je à nouveau vous faire confiance ?

— Je vous le promets !

— Et si Dracula venait vous voir, tiendriez-vous cette promesse devant notre maître à tous ?

— Oui... Ce que nous avons fait, je l'ai regretté de longs mois.

— Vraiment... Vous n'avez pas l'air de, comment m'aviez-vous dit ? Ah oui, « *de dépérir* ».

– La situation est fort différente.

– Je vous l'accorde. Saviez-vous que Gregor était toujours en vie ?

Au vu de son expression, il n'était pas au courant. Il se releva et se servit de nouveau un verre, qu'il but devant le guéridon et le remplit aussitôt avant d'aller se rasseoir.

– Où est-il ?

– Chez moi…

– Vous êtes folle !

Je me levai et allai me planter devant lui. Il releva les yeux vers moi. J'avais envie de le mettre en charpie et répandre ses viscères sur ses belles tentures. Je me contenais, car j'avais vraiment besoin de lui, c'était la raison qui le maintenait en vie.

Je m'accroupis sous son regard attentif. Il surveillait chacun de mes gestes, aussi insignifiants soient-ils. S'attendait-il à ce que je le frappe ?

– Aidez-moi à convaincre Dracula de nous laisser vivre notre amour en toute liberté.

– Si vous n'y avez pas réussi en un an, comment le pourrais-je ?

– Il ne sait pas que je suis au courant qu'il a épargné Gregor.

– Pourquoi a-t-il fait cela ?

– Je suis son enfant. Un père ne désire que le bien pour ses enfants. L'amour paternel qu'il ressent pour moi est la seule raison de cette clémence.

– Dites-lui alors.

– Non, il doit être convaincu que notre amour est sincère et pour cela, il va lui falloir des témoignages. Des personnes qui lui prouvent que Gregor est « *bon* » pour moi.

Qu'il ne m'empêche pas d'être la créature qu'il veut que je sois et que j'aime être.

Anton resta silencieux un instant. Il semblait réfléchir à comment se sortir de cette situation.

— Pourquoi ne pas transformer votre Gregor ? dit-il enfin, une lueur étrange dans le regard.

— Non ! m'exclamai-je en me relevant.

— Pourquoi, non ? Cela me semble la meilleure chose à faire pourtant. Lui avez-vous simplement posé la question ?

— Nous n'en avons jamais parlé. Je l'ai revu pour la première fois hier, avant cela il ne savait pas ce que j'étais.

— Gregor est mon ami…

— Non ! si quelqu'un doit lui poser cette question, c'est moi.

Anton venait de balayer tous mes plans en une seconde avec son idée qui, je l'avoue, n'était pas si mauvaise. Je pourrais ainsi garder Gregor pour l'éternité. Notre amour pourrait s'épanouir à jamais et Dracula ne pourrait plus rien y redire.

Je me dirigeai vers le guéridon et fit comme Anton quelques instants plus tôt. Sauf que moi, je ne pouvais me résigner à deux verres. Je les enchainai jusqu'à ce que mon ami vienne derrière moi pour m'arrêter. Il me tenait cadenassée dans ses bras.

— J'ai compris que vous l'aimiez, mais c'était trop tard. Dracula était déjà au courant. Lors de sa venue, je ne pouvais pas lui mentir et lui dire que je m'étais trompé. Il m'aurait tué sur-le-champ.

— C'est vous qui m'avez tuée pendant une année…

— Maintenant, je veux réparer mon geste, Nocturne. Laissez-moi parler à Gregor pour vous.

Je ne répondis pas. Deux minutes plus tard, ses mains quittèrent mes hanches et il s'en alla. Je restai là, impuissante, à fixer le néant.

L'acte final

Quatre longues heures passèrent sans que je ne sache ce qu'il se passait chez moi. Comment Gregor réagissait-il à la proposition d'Anton ou comment acceptait-il simplement les mots de la bouche de son ami, ces mots que j'aurais dû prononcer ?

Je m'en voulais de ce manque de courage dont j'avais fait preuve, mais c'était trop tard maintenant.

J'entendis le majordome faire entrer quelqu'un dans la maison, puis des bruits de pas s'avancer vers la bibliothèque. La porte s'entrebâilla, Gregor apparut et vint directement vers moi.

Il prit mon visage dans ses mains et m'embrassa avec passion. Lorsque nos lèvres réussirent à se détacher, le son étranglé de ma voix sortit comme un murmure.

— Pardon, mon amour, furent les seuls mots que je pus prononcer dans mes sanglots.

— Non, je comprends que cette question vous soit difficile. Je viens de discuter avec Anton et Léonie…

— Je sais.

J'essayai de lire en lui. Il n'avait pas l'air terrorisé, pas comme il l'avait été dans l'appartement à Paris. Il semblait serein. Ses yeux étaient purs comme l'était son cœur. Comment pouvais-je détruire tout cela au nom de mon amour, pour en faire une bête ignoble et sanguinaire ?

— Je le veux, Nocturne.

— Mon dieu…

— Je serai vôtre pour l'éternité et vous serez mienne.

Il n'avait pas tort.

— C'est irréversible, Gregor.

— Je le sais. Anton m'a tout expliqué. Ce que je devrai endurer. Ce que je serai obligé de faire pour survivre ensuite. Le sang, les vies que je vais prendre…

— Au nom de quoi ?

— De notre amour.

— Anton a été meilleur vendeur que moi.

— Il ne s'agit pas de vendre quoi que ce soit, mais de vous acquérir. Dracula n'y trouvera rien à redire…

J'avais le sentiment que les rôles étaient inversés et qu'il cherchait à me convaincre.

— Soit… J'ai une dernière requête avant que je ne change votre mort.

— J'y accède.

— Vous ne savez même pas…

— Bien sûr que si. Faisons l'amour une dernière fois.

Je hochai la tête en signe d'approbation. Comment faisait-il pour lire en moi ainsi ?

Il me prit la main et m'emmena au premier étage. Là où se trouvaient les chambres, il savait ce que j'y avais fait. Il était au courant de tout, maintenant. Pourtant, il ne me voyait toujours pas comme un monstre.

— Choisissez…, me murmura-t-il à l'oreille d'une voix si sensuelle que j'en perdais déjà mes moyens.

Je l'entrainai dans la première pièce, pas parce que j'étais impatiente, mais c'était la seule où je n'avais jamais assouvi mes fantasmes. J'avais besoin d'un décor qui n'appartiendrait qu'à nous.

Comme si Anton avait pu deviner mon choix, la pièce était remplie de bougies. Leurs flammes oscillaient lentement, reflétant la manière dont nous rentrions dans la pièce. C'était romantique. Les dernières heures de vie humaine de Gregor allaient être belles comme cet amour qui nous unissait.

Je me mis à sourire et me retournai vers lui. Je me sentais apaisée. Ce que nous allions faire, je l'avais fait des centaines de fois : donner mon corps contre du sang. Mais cette fois, la conclusion serait différente et Gregor goûterait ce qui circulait dans mes veines, ce qui nous avait mis en danger. Il deviendrait un vampire puissant, je me l'imaginais ainsi et il ne pouvait en être autrement.

Je m'approchai de lui et délicatement commençai à le dévêtir. Je n'avais pas vu sa peau depuis si longtemps, je ne l'avais pas sentie sous mes doigts depuis trop longtemps. Durant un an, seuls mes fantasmes avaient alimenté mon esprit. Maintenant, c'était réel.

Alors que je m'affairais sur ses vêtements, il me poussa doucement vers le lit. Lorsque je sentis le bois à l'arrière de mes genoux, il posa ses mains sur mes épaules. Il était presque nu. Il posa un baiser dans mon cou, puis de ses mains expertes il me déshabilla, lentement, tendrement. Je défis son pantalon qui tomba à ses pieds. Il les souleva et se débarrassa du vêtement devenu inutile.

Je posai mes mains sur ses fesses alors que lui continuait son cheminement sur mon corps qui se dénudait au fur et à mesure de sa progression.

Il n'avait pas fallu longtemps pour nous retrouver en tenue d'Adam. Il mit un genou sur le lit et m'entraîna avec lui. Il était au-dessus de moi. J'avais tant rêvé de cet instant. J'enroulai ma jambe autour de la sienne. Nous agissions comme si c'était la première fois que nos corps se touchaient. Nos mains redécouvraient avec tendresse la peau de l'autre. Les miennes parcouraient son dos. Je freinais mon envie de le sentir en moi. Son souffle inondait ma peau, je devais profiter de cet instant qui bientôt ne serait plus.

Alors, il posa tout le poids de son corps contre le mien et encercla mon visage avec ses doigts.

— Je vous aime, chuchota-t-il en me fixant.

— Je n'ai jamais aimé que vous, répondis-je.

Son sexe pénétra le mien alors que nos yeux ne se quittaient pas. Avec une infinie douceur, il bougeait en moi.

— Je n'ai pas peur, dit-il encore alors qu'il accélérait la cadence.

Je rentrai mes ongles dans sa peau. Il raidit le dos, mais ne ploya ni ne grimaça. Au contraire, je le sentis encore plus fort et tendu. Il tenait toujours ma tête. Les mouvements de son bassin étaient réguliers, il savourait ses derniers instants d'être vivant.

Il m'embrassa. Nos langues jouèrent entre elles un moment, puis il cessa le jeu. Ses doigts écartèrent mes lèvres, je le laissai faire, puis il toucha avec délicatesse mes canines. Ses yeux quémandaient quelque chose, alors je lui montrai mes armes fatales.

Il ne recula point, il n'eut pas peur. Ses coups de reins s'accentuèrent, ils devenaient plus profonds. Mon autre nature se dévoilait à lui et cela l'excitait. Il me fixait toujours.

— Pourquoi m'avoir caché une telle beauté ? demanda-t-il en haletant.

— Vous êtes fou, Gregor…

— Oui… de vous !

Il se releva un peu et prit appui sur le lit. Sa cadence accéléra, ses mains descendirent le long de mon corps et il empoigna mes hanches, me soulevant. Au plus profond de mon corps, il envoya sa semence, m'inondant de son amour.

L'instant d'après, avec la vitesse de l'éclair, je pris son corps et l'allongeai sur le lit. Je me retrouvai au-dessus de lui. Mes yeux étaient jaunes, mes canines toujours sorties. Pour la première fois, il me voyait telle que j'étais, le reflet de ce qu'il allait devenir.

Il me sourit et pencha la tête sur le côté, m'offrant son cou et sa vie. Ma main prit son menton, je l'embrassai une dernière fois et glissai ma bouche vers sa carotide que je transperçai avec la douceur qui lui était due.

Je me nourrissais de lui. Son sang avait le goût que j'avais toujours imaginé : fort et fruité. Puis, je lui fis boire le mien. Il était blême, aux portes de la mort.

Au bout de quelques instants et après un ultime baiser, je lui assénai la morsure fatale. Il s'endormit à jamais.

Belle fête

Anton excellait toujours autant dans l'organisation des plus belles soirées de Bruxelles. Nous nous rendîmes à pied à celle de ce soir, nous tenant par le bras.

Cela faisait maintenant neuf mois que Gregor et moi vivions un amour sans limites. Comme je l'avais prédit, il était devenu fort et encore plus séduisant. Nombre de femmes, durant nos sorties, le dévisageaient sans aucune retenue. Certaines rougissaient encore lorsque Gregor leur envoyait un coup d'œil.

J'étais si fière d'être à son bras, de lui appartenir.

Durant l'apprentissage de sa nouvelle vie, il avait été un élève exemplaire, m'écoutant et prenant exemple sur mes actes sans poser de question. Nous formions un couple de prédateurs auxquels peu de proies pouvaient échapper. Lorsque nous avions jeté notre dévolu sur une personne ou un groupe, aucun ne ressortait vivant de cette rencontre peu commune.

Il était sanguinaire à souhait. Qui aurait pu croire qu'il soit si parfait dans cette nouvelle existence.

Il y a trois mois, nous nous étions rendus à Londres et je l'avais présenté à mon père, Dracula. L'entrevue, malgré un début difficile, s'était bien passée. Nous étions repartis avec sa bénédiction, mais aussi une terrible épée Damoclès au-dessus de la tête de mon aimé.

Les mots de Dracula avaient été les suivants sur le quai avant notre embarquement pour le retour à Bruxelles : « *Au moindre faux pas de votre part, Gregor, je vous égorgerai de mes mains* ». Les promesses de Dracula n'étaient pas à prendre à la légère. Mais, nous n'étions pas inquiets, nous nous aimions tellement. De cet amour rare qui n'arrivait qu'une fois dans une vie. Il m'avait fallu attendre quatre cents ans pour éprouver pareils sentiments, il m'en faudrait beaucoup plus pour les oublier.

Nous pénétrâmes dans la magnifique maison de maître d'Anton. En haut des trois marches donnant accès à la grande salle, nous observâmes les convives danser et bavarder.

Je me tournai vers mon amour.

— Me feriez-vous danser ?

— Avec grand plaisir.

Il me prit par la main et m'emmena sur la piste rejoindre les autres couples. Je me blottis contre lui, comme si nous étions seuls au monde et me laissai porter par ses pas. Il avait toujours été un excellent danseur.

Un autre couple nous percuta. Sans surprise, Anton me sourit lorsque je relevai la tête vers lui. Là était sa manière de nous dire bonsoir.

— Chambre jaune dans dix minutes, me chuchota-t-il.

— Très bien, lui répondis-je.

Puis, il se tourna vers Gregor.

— Un petit cadeau pour vous, cher ami.

— En quel honneur ? demanda-t-il.

— Celui de rendre Nocturne heureuse.

Puis, il repartit tournoyer au bras de son jeune étalon. Il ne cachait plus son homosexualité au monde. Plus grand monde n'en était choqué, et ceux qui l'étaient ne venaient plus aux belles soirées d'Anton.

Tout en dansant, nous nous dirigeâmes vers le grand escalier. Puis, tout naturellement l'empruntâmes pour nous rendre vers la chambre jaune.

Je rentrai en premier dans la pièce et compris la belle attention d'Anton. Sur le lit était attachée et bâillonnée une femme nue d'une beauté incroyable. Je m'approchai d'elle et regardai ses yeux. Elle remua, essayant encore de s'échapper.

Je lui souris en réponse et fis rentrer Gregor.

— Ferme les yeux, dis-je en lui prenant la main.

Je l'amenai jusqu'au pied du lit et l'invitai à admirer son cadeau. Il ouvrit les yeux lentement. Je pus voir son excitation immédiate à la vue de la beauté brune qui se débattait devant lui.

Il se tourna vers moi et m'embrassa.

— Ce n'est pas moi qu'il faut remercier, Gregor.

— Le croyez-vous vraiment ?

— J'en suis certaine, répondis-je en lui caressant la joue.

— Vous vous trompez !

Les yeux de la femme étaient chargés de peur et d'incompréhension. Cela suffit à Gregor qui se jeta sur elle et la vida de son sang. Il ne toucha pas son corps qui ne l'intéressait pas.

Anton n'avait toujours pas compris la teneur de cet amour qui nous unissait.

Les métamorphoses du vampire

La femme cependant, de sa bouche de fraise,
En se tordant ainsi qu'un serpent sur la braise,
Et pétrissant ses seins sur le fer de son busc,
Laissait couler ces mots tout imprégnés de musc :
« *Moi, j'ai la lèvre humide, et je sais la science*
De perdre au fond d'un lit l'antique conscience.
Je sèche tous les pleurs sur mes seins triomphants,
Et fais rire les vieux du rire des enfants.
Je remplace, pour qui me voit nue et sans voiles,
La lune, le soleil, le ciel et les étoiles !
Je suis, mon cher savant, si docte aux Voluptés,
Lorsque j'étouffe un homme en mes bras redoutés,
Ou lorsque j'abandonne aux morsures mon buste,
Timide et libertine, et fragile et robuste,
Que sur ces matelas qui se pâment d'émoi,
Les anges impuissants se damneraient pour moi ! »

Quand elle eut de mes os sucé toute la moelle,
Et que languissamment je me tournai vers elle
Pour lui rendre un baiser d'amour, je ne vis plus
Qu'une outre aux flancs gluants, toute pleine de pus !
Je fermai les deux yeux, dans ma froide épouvante,
Et quand je les rouvris à la clarté vivante,
À mes côtés, au lieu du mannequin puissant
Qui semblait avoir fait provision de sang,
Tremblaient confusément des débris de squelette,

Qui d'eux-mêmes rendaient le cri d'une girouette
Ou d'une enseigne, au bout d'une tringle de fer,
Que balance le vent pendant les nuits d'hiver.

Les Fleurs du mal, Charles Baudelaire (1821-1867)

Ce poème très approprié de l'un de mes poètes préférés,
j'ai voulu avec vous le partager.

Sylvie Ginestet

Plus de publications sur mon site internet :
https://sylvieginestet.wordpress.com/

Rejoignez-moi sur Facebook :
https://www.facebook.com/SylvieGinestetAuteur

Twitter :
https://twitter.com/SylvieGinestet

thepoeticshivers@gmail.com

https://the-poetic-shivers.jimdo.com/

www.ingramcontent.com/pod-product-compliance
Lightning Source LLC
Chambersburg PA
CBHW031108260626
47172CB00001B/277